Ronit Matalon
Eine Geschichte, die mit dem Begräbnis
einer Schlange beginnt

Ronit Matalon

Eine Geschichte, die mit dem Begräbnis einer Schlange beginnt

Aus dem Hebräischen von
Vera Loos und Naomi Nir-Bleimling

Carl Hanser Verlag

Die Originalausgabe erschien 1989 unter dem Titel
Sipur schemathil belevaya schel nahasch
im Dvir Verlag, Tel Aviv.

Die Schreibweise in diesem Buch entspricht
den Regeln der neuen Rechtschreibung.

1   2   3   4   5   03   02   01   00   99

ISBN 3-446-19741-9
© Zmora Bitan und Ronit Matalon 1989
Alle Rechte der deutschen Ausgabe:
© Carl Hanser Verlag München Wien 1999
Umschlag: Peter Schössow
Satz: Satz für Satz. Barbara Reischmann, Leutkirch
Druck und Bindung:
Franz Spiegel Buch GmbH, Ulm
Printed in Germany

In allerliebster Erinnerung an Großmutter Esther

Vorwort

Gelbe Socken

Wenn schon eine Geschichte, dann auch ein Vorwort, sagte ich mir, als ich mich daranmachte, die Erlebnisse von Margalit und ihrem Bruder Benjamin, von Nissim Kastariano und Sarah Antabi bei ihrer Fahrt nach Tel Aviv aufzuschreiben.

Drei verschiedene Vorworte in drei verschiedenen Büchern habe ich mir vorgenommen: In allen stand zu lesen, dass früher alles anders war als heute und dass die Zeit vergeht. Und das ist richtig. Nehmen wir zum Beispiel unser Städtchen, von dem hier die Rede sein wird: ein Ort zwischen Petah Tikva und Tel Aviv, der zirka fünftausend Männer, Frauen und Kinder zählt und acht Synagogen, und das nicht etwa, weil die Bewohner besonders viel gebetet hätten, ganz im Gegenteil, sondern weil jede Bevölkerungsgruppe darauf bestand, nach ihrer eigenen Art zu beten. Und so kam es, dass sich die Adener von den Jemeniten trennten und die Tunesier von den Marokkanern, die sich wiederum von den Tripolitanern unterscheiden wollten.

Die Synagogen sind geblieben, wie sie waren. Sie stehen noch immer auf dem Hügel um den Kiesplatz und den Guajavabaum. Aber die Häuser sind nicht mehr die gleichen. Wo früher Holzbaracken standen, ragen heute sonderbare Betonhäuser in die Höhe, bei deren Anblick mir ein Spruch von Madame Rachelle einfällt: »Je höher, desto öder.« *Und die Menschen, die Menschen, über die ich schreibe, wie steht es mit denen?*

Sie haben sich nicht verändert. Jedenfalls nicht allzu sehr. Nehmen wir zum Beispiel Benjamin. Er ist ein Mann mit Ideen geworden, wie man sagt. Einer mit rauchendem Schädel, der die meiste Zeit mit komplizierten Dingen beschäftigt ist. Mit technischen Fragen und Problemen und mit Projekten, die nie in die

Tat umgesetzt werden. Doch davon lässt er sich nicht beirren. Er bleibt dabei. Zur Zeit plant er beispielsweise ein rotierendes Haus mit einer Rutschbahn, die vom Wohnzimmer ins Schlafzimmer führt. Ein Haus, das die Jahreszeiten überlistet. Oder nehmen wir Nissim, der sich kürzlich aus Anlass seiner Ernennung zum stellvertretenden Bürgermeister einen Schnurrbart stehen ließ. Der Schnurrbart verdeckt nur die Oberlippe; seine Unterlippe zittert wie früher, wenn er sich aufregt. Bräche sich Nissim ein Bein, würde er sagen: »Gott sei Dank, ich hätte mir ebenso gut beide Beine brechen können.« So ist er nun mal: immer überzeugt, dass das, was das Leben ihm bietet, zu viel des Guten ist. Und Margalit, die ich schon deshalb unbedingt loben muss, damit sie mir weiter Bücher aus der großen Tel Aviver Bibliothek ausleiht, was ist aus ihr geworden? Sie schwebt noch immer in den Wolken, obwohl sie mit zwei Kindern und einem Hund alle Hände voll zu tun hat. Der Kommentar von Madame Rachelle: »Ein krummes Stück Holz bleibt krumm, und wenn man es fünfmal ins Feuer wirft.«

Die so genannten Lebensumstände verändern sich. Die Menschen dagegen – sie ändern sich nicht so sehr. Die »Lebensumstände« gehören aber zu den Dingen, auf die man verzichten kann, wenn man beschreiben will, wie man vom Begräbnis einer Schlange in ein Internat im Kibbuz Giv'at ha-Shlosha kommt und damit war ich gerade beschäftigt, als Tamir, mein hoch aufgeschossener Neffe auf der Suche nach gelben Socken, die zu seinem gelben Hemd passen sollten, in mein Zimmer kam. Tamir ist Fotomodell und achtet sehr auf sein Äußeres.

»Wo liegt das Problem?«, fragte er, während er in der Sockenschublade kramte. »Ich verstehe nicht, wo das Problem liegt. Ist deine Geschichte nun wirklich passiert oder nicht?« Er ging zum Fenster, wo er fachmännisch die Strümpfe prüfte.

»Es ist eine wahre Geschichte«, bekräftigte ich.

Tamir schüttelte traurig den Kopf, nicht wegen der Geschichte, sondern wegen der Socken: »Es ist nicht das gleiche Gelb«, sagte er.

8

»Wozu betreibst du diesen Aufwand?«, fragte ich, »kein Mensch wird deine Socken sehen!«

»Ich sehe sie«, sagte Tamir. »Ich sehe sie und mich stört der Farbunterschied«, sagte er und ging. Auf der Fensterbank blieb ein verwaistes Paar gelbe Socken zurück.

Zum Beispiel Tamir, versank ich wieder in Gedanken. Tamir. Er kam ins Zimmer, suchte Socken und ein bestimmtes Gelb passte nicht zu seinem Hemd. Aber ist das denn interessant, frage ich euch, ist das tatsächlich interessant? Schließlich beruht die Geschichte von Margalit und ihrem Bruder Benjamin auf einer wahren Begebenheit, es ist eine Geschichte aus dem Leben. Aber leider ist es gar nicht so einfach, das Leben in eine Geschichte zu verpacken, die einen Anfang und ein Ende hat und in deren Mitte Dinge geschehen, die auf logische Weise von einem Anfang zu einem Ende führen. Wie soll ich sagen? Es ist wie mit dem Sack einer alten Frau, die durch die King-George-Straße von Tel Aviv zieht. Dieser Sack enthält allerlei Kram: Zeitungsschnipsel, ausgetretene Schuhe, einen zerbrochenen Spiegel, Schrauben und was nicht sonst noch alles. Versucht einmal, einen Roller aus dem Zeug zu bauen, und ihr werdet sehen, dass eine Menge Material übrig bleibt. Andererseits (ich rede wie meine Mutter, die »andererseits« sagt und »nein« meint), andererseits – ist es schade drum.

Es gibt Dinge, um die es mir Leid tat, und die anstatt auf logische Weise vom Anfang zum Ende, in Nebenstränge führen. »Es ist nicht das gleiche Gelb«, wie es Tamir gefallen würde. Und nun Schluss damit. Wir werden die imaginäre Kamera auf jenen Punkt der Zeit lenken, an dem alles begann oder an dem beinahe alles begann. Denn wie ein Marathonläufer muss sich eine Geschichte erst einmal warm laufen.

Erstes Kapitel

Madame Rachelle ist von den Socken

Madame Rachelle rührte den Reis mit Erbsen, den sie zu Mittag kochte, als sie auf einmal blass wurde und erschrocken die Hand auf ihr Herz legte. Sie lief zum Fenster, allerdings nicht bevor sie den Herd ausgeschaltet hatte, um zu sehen, was draußen los war. Sie hörte Schritte, Lachen und lautes Rufen, dann sah sie die lange Prozession. Weil sie es nicht leiden mochte, nicht im Bilde zu sein, und sei es nur für eine Minute, klopfte sie hastig an die Wand, die sie sich mit ihrem Nachbarn teilte. Vielleicht wusste »der Faulpelz«, wie sie ihn nannte, was auf der Straße vor sich ging. Aber es war niemand zu Hause.

Madame Rachelle holte tief Luft. Sie hatte also keine Wahl. Um halb eins, mitten beim Kochen, musste sie vor die Tür, und das war etwas, das ihr gegen den Strich ging. Sie erledigte einen nach dem anderen ein paar Handgriffe, denn selbst in solch einer Situation blieb Madame Rachelle eine praktische Frau: Sie benetzte den Reis mit etwas Wasser, damit er nicht austrocknete, knöpfte ihr Kleid ordentlich zu und schob die Klemmen in ihrem Haar zurecht. Schließlich steckte sie das rote Krankenkassenheft ein: Wenn sie schon aus dem Haus ging, dachte sie, würde sie die Gelegenheit nutzen und gleich mit dem Arzt dem neuen Ziehen in ihrem Rücken auf den Grund gehen, nach ihren Berechnungen Schmerz Nummer sechzehn. Madame Rachelle hatte jede Menge unterschiedlichster Beschwerden, sodass sie sie durchnummerieren musste, um nicht den Überblick zu verlieren.

Auf der Straße hatten sich Frauen und Kinder versammelt, die alle zum Wasserturm schauten. Von dort näherte sich ein langer Umzug fröhlicher Kinder, der von Madame Rachelles Enkel Benjamin angeführt wurde. Er trug einen Besenstiel über der Schulter. Das andere Ende des Stocks hielt Benjamins bester Freund Nissim Kastariano. Madame Rachelle rückte ihre Brille gerade, um besser sehen zu können: Sie traute ihren Augen nicht. Um den Besenstiel war eine lange schwarze Schlange gewunden. Sie sah Gabriel, den Sohn von Jossi, dem Schreiner, an: Gabriel weiß sicher, was man wissen muss, sagte sie sich. »Benjamin hat die Schlange erledigt«, klärte Gabriel sie auf. Der war gerade damit beschäftigt, eine tiefe Grube um den Strommast zu graben. »Die Kinder waren auf dem Hügel, als die Schlange kam und um ein Haar Mosche umgebracht hätte. Benjamin hat ihm das Leben gerettet.« Inzwischen hatte die Prozession die Straße erreicht. Mit im Zug ging Benjamins Schwester Margalit, und aus allen Richtungen schlossen sich immer mehr Kinder an.

Die Prozession bewegte sich langsam auf den Schulhof der Staatlich-Religiösen Schule zu. Mehr und mehr Kinder im Distelfeld und in den Sanddünen um die kleine Siedlung herum kehrten ihren Beschäftigungen den Rücken. Selbst die Ortsprominenz gesellte sich zu dem Umzug: der Bürgermeister, Herr Dubin, und sein Stellvertreter, Herr Haschai, die Sekretärin der Wasserwerke und der Hausmeister der Schule, Hausfrauen und Lebensmittelhändler, Handwerker, die ihre Werkstätten verließen, der Schuhmacher und seine Frau, der Kantor und der Vorsteher einer Synagoge, der Zahnarzt und die Patienten, die im Wartezimmer gesessen hatten, der Briefträger und die Gäste der Kneipe, der Kassierer vom Kino »Rachel« und Leute, die einfach an den Bushaltestellen gewartet hatten, schlossen sich dem Zug an. Kurzum, es entstand ein gewaltiges Durcheinander, so gewaltig, dass die meisten Leute den

Grund der Prozession vergaßen. Und das war die Beerdigung einer schwarzen Schlange.

Am Kopf des Umzugs marschierten, wie schon gesagt, Benjamin, der Held des Tages, Nissim und Monsieur Robert, Margalits und Benjamins Vater, der zu diesem Anlass seinen guten gestreiften Anzug trug und sich auf die Rede, die er am Grab der Schlange halten würde, vorbereitete. »Dieser Monsieur Robert und sein Sohn warten noch abends in ihren Betten auf Beifall des Publikums. Mit diesem albernen Begräbnis hat der ganze Ärger begonnen«, pflegte Madame Rachelle die Szene später zu kommentieren. Mit dem, was Madame Rachelle kommentierte, könnte man Bände füllen. Doch ich muss der Aufgabe des Erzählers nachkommen, die Helden einzuführen. Darum soll die kurze Pause, während Benjamin und Nissim mit dem Ausheben des Grabes beschäftigt sind, dazu dienen, die Figuren der Reihe nach vorzustellen, obwohl sie alle beharrlich durcheinander redeten.

Bei den Helden eines Buches unterscheidet man bekanntlich zwischen Haupt- und Nebenpersonen. Sehen wir uns zum Beispiel Sima an. Sie ging bei der Beerdigung rechts von Margalit. Sima gehörte zu der Sorte Menschen, die sich einbilden, stets eine der Hauptpersonen zu sein, oder zumindest, dass es ihnen zustünde, dazu gezählt zu werden. Jetzt war sie sauer wie eine Zitrone und brummig wie ein alter Automotor: Die allgemeine Bewunderung für Benjamin passte ihr überhaupt nicht, und dass auch Margalit davon profitierte, war in ihren Augen schlichtweg unfair. Wenn Sima etwas unfair fand, hatte sie allerdings ausschließlich den eigenen Vorteil im Auge.

»Ja, ja«, nickte Madame Rachelle, »es gibt sie in allen Sorten«, und damit meinte sie Sima und ihresgleichen. Madame Rachelle hätte niemals deutlich ausgesprochen, was sie dachte. Nein, nein, so etwas hielt sie für undiplomatisch. Madame Rachelle war, wenigstens in ihren eigenen Augen, eine äußerst geschickte Diplomatin. So hatte sie es beispielsweise fertig gebracht, mitten im größten Tumult einen kleinen Schemel auszuspähen und sich auf ihm niedergelassen.

Da hockte sie und ihrem Auge entging nicht die kleinste Kleinigkeit. Nicht einmal das Schwarze unter den Fingernägeln. Madame Rachelle war Benjamins und Margalits Großmutter und die Mutter von Mirjam, der Mutter der Kinder. Sie lebte in einer Einzimmerwohnung in der Nähe ihrer Enkel. Ihre Wohnung erinnerte mit den Musselingardinen und der rot lackierten Tür an eine Puppenstube. Jeder nannte sie Madame Rachelle, zum einen, weil man ihr mit Respekt begegnete, zum andern, weil sie darauf bestand. Nach ihren eigenen Worten wusste Madame Rachelle alles – oder fast alles: Noch vor den Betroffenen selbst war sie darüber informiert, wer sich scheiden ließ und wer heiraten würde, wer ein Kind bekam und wer nie ein Kind haben würde. Zudem war sie eine Frau mit einer festen Meinung und stammte, nach ihren eigenen Worten, aus gutem, vornehmem Haus. Sie verfügte über weit reichende medizinische Kenntnisse, denn sie war ihr ganzes Leben lang krank gewesen, außerdem war sie Expertin in Sachen Arzneien, weil sie von ihren zahllosen Krankheiten immer wieder geheilt worden war. Sie konnte sich gleichermaßen in Ehepaare und Junggesellen hineinversetzen, denn in ihrem Leben hatte sie es geschafft, sowohl verheiratet als auch einsam zu sein. Sie beherrschte drei Fremdsprachen und kannte die Gebräuche der Völker und ihre wohlschmeckendsten Speisen. Madame Rachelle war ein unerschöpflicher Quell von Sprüchen und Redewendungen für nahezu jede Lebenslage. Sie verfügte über ein tiefes Verständnis der politischen Lage, weil sie sämtliche Nachrichtensendungen in den verschiedensten Sprachen im Radio verfolgte.

Neben Madame Rachelle stand Margalit, die in diesem Sommer elf geworden war. Margalit verschränkte stolz die Arme über der Brust und sah die Zahl der Teilnehmer an der Prozession als persönlichen Erfolg und als den ihres Bruders Benjamin an. Um das Loch, in das man die Schlange geworfen hatte, würde sie jedenfalls einen Bogen machen, man konnte nicht sicher sein, ob die Schlange auch tatsächlich tot war. Sie war ein wenig ängstlich, diese Margalit. Sie war mit nichts zufrieden und schwebte immer in den Wolken. Vor allem schätzte sie den Gebrauch hochtrabender Worte, die sie selbst nicht immer verstand. Außerdem schrieb sie leidenschaftlich gern ihrer Cousine Netanya Briefe. Ihr Haar war dunkel und kraus, ihre Augen waren klein, glänzend und klug und für ihr Alter war sie zu kurz geraten. Gerade wurde sie von der Schlangenbestattung abgelenkt. In der Nähe des dicken Stamms vom Paternosterbaum fielen ihr drei Mädchen auf, die sie im Viertel noch nicht gesehen hatte. Ein Mädchen war ungefähr in Margalits Alter, die beiden anderen waren jünger. Die Mädchen trugen rosa Sommerkleider und erinnerten mit ihren braun gebrannten Gesichtern an spanische Trachtenpuppen. Sie sprachen mit niemandem und niemand sprach mit ihnen. Margalit fragte sich, wer sie wohl waren und was sie hierher verschlagen hatte. Abgesehen von ihrer Neugier – Margalit war sehr neugierig – ließ sie der Anblick des glatten, glänzenden Haars von den großen Mädchen neidisch werden.

Das war's. Benjamin und Nissim schaufelten das Loch zu. Benjamin rammte triumphierend die Schaufel in den Erdhügel, und die Zuschauer spendeten ihm tatsächlich Applaus. Nissim machte es ihm nach, in erster Linie, weil er an Benjamin hing und ihn in allem imitierte. Nissim war klein, nervös und mager; drei Eigenschaften, die ihn zu einem ängstlichen Spitzensportler machten. Ähnlich wie die meisten Sportler hatte Nissim nur die Aschenbahn im Kopf, was ihm einerseits half, ein guter Läufer zu sein, aber andererseits seine Fantasie einschränkte.

Das Schild, das Margalit vorbereitet hatte, prangte nun auf dem Schlangengrab:

Hier ruht eine Schlange,
die das Leben vieler Menschen gefährdet hat.
Sie wurde im Monat Juni
von Benjamin Chasan erlegt.

Margalit hätte gern noch ein paar weitere Einzelheiten auf das Schild geschrieben, aber Benjamin war der Meinung, Grabinschriften müssten knapp sein.

Jetzt stand Monsieur Robert in seinem guten Anzug auf dem Sandhaufen und bat die Anwesenden um Ruhe.

»Meine sehr verehrten Damen und Herren«, sagte Monsieur Robert, »wir haben uns hier und heute wegen eines bestürzenden Vorkommnisses in unserer Nachbarschaft versammelt. Mein Sohn Benjamin hat eine Schlange erlegt, die um ein Haar einen Knaben getötet hätte. Dieser Knabe ist uns allen bekannt. Es handelt sich um einen netten, braven Jungen, der heute durch ein Wunder gerettet wurde, durch ein regelrechtes Wunder.« Mosches Mutter kamen die Tränen, und der Vater nahm Mosche auf den Arm, um allen zu demonstrieren, dass der Junge vollkommen unversehrt war. Das Publikum klatschte und Monsieur Robert fuhr fort:»Seit Jahren predige ich, dass in dem Distelfeld bei den Häusern Gefahren lauern. Es wimmelt dort von Schlangen, Mäusen und Raubtieren. Ich habe mich in dieser Angelegenheit schriftlich an die zuständigen Behörden gewandt, aber der Bürgermeister hat nichts unternommen. Wenn ich daran denke, was man aus diesem Feld alles machen könnte! Man könnte Wasser- und Honigmelonen anpflanzen, man könnte einen Zirkus dort hinbringen, sogar eine Bowlingbahn wäre denkbar oder ein Fußballstadion. Und was haben wir stattdessen? Disteln und weggeworfene Lumpen.«

Das Publikum stimmte Monsieur Robert begeistert zu und klatschte. Männer kamen zu ihm und schüttelten seine Hand. Jossi, der Schreiner, klopfte ihm auf den Rücken und sagte:»Alle Achtung, Monsieur Robert, an dir ist ein Regierungschef oder zumindest ein Bürgermeister verloren gegangen.«

Zweites Kapitel

Monsieur Robert ist am Ende

Eine Woche nach dem Schlangenbegräbnis, als das Leben wieder zu seinem Alltag zurückgekehrt war, erwachte Monsieur Robert. Als er seinen Kaffee, so wie er ihn liebte, getrunken hatte, sagte er zu Margalit und Benjamin: »Ich bin am Ende. Ich muss gehen und mein Glück suchen.«

Mirjam, Margalits und Benjamins Mutter, war bereits auf dem Weg zur Arbeit ins Krankenhaus, wenn Monsieur Robert zu einem Vormittag des Müßiggangs und des Blödsinns erwachte, wie Madame Rachelle seine Aktivitäten nannte. Der Blödsinn bestand darin, durch das Städtchen zu streifen, mit den Bewohnern zu plaudern, in der Kneipe neben dem Kino »Rachel« zu sitzen, Pläne zu schmieden, sonderbare Gerichte zu komponieren, denen er nicht minder sonderbare Namen gab, sowie ausgiebig die Zeitung zu studieren und Abenteuerromane zu lesen. Monsieur Robert war ein fröhlicher, geistreicher Mensch, der sich mit bunten schillernden Krawatten, eigenwilligen Kopfbedeckungen und spitzen Schuhen ausstaffierte, die er mit seinem Taschentuch auf Hochglanz brachte.

Gleich nachdem Monsieur Robert seinen Satz ausgesprochen hatte, holte er einen staubigen Koffer, in dem er einen großen Stapel gebügelter Hemden und seine Krawatten verstaute. Margalit und Benjamin sahen ihm schweigend und neugierig zu. Sie waren an Monsieur Roberts gelegentliche Auszüge gewöhnt. Immer wieder packte er den Koffer, ließ seine Hüte in einer speziellen Hutschachtel verschwinden und brach auf, um »sein Glück zu machen«.

18

Normalerweise kehrte er nach ein paar Tagen zurück, berichtete von Dingen, die er in der Großstadt Tel Aviv erlebt hatte, erzählte von den Menschen, denen er begegnet war, und von wichtigen Geschäften, deren Abschluss gerade bevorstand.

Margalit liebte diese Reisen, denn sie endeten alle mit Geschenken und faszinierenden Geschichten, die für die nächsten Monate ausreichten. Einmal brachte er einen Fotoapparat mit, ein andermal einen Kanarienvogel, einmal eine wasserdichte Uhr, einmal einen riesigen Drachen, einmal einen Leierkasten und ein Paar Lackschuhe, die wunderschön, aber unbrauchbar waren, weil sie drückten. Auf jeden Fall war Margalit über seinen Aufbruch nicht traurig. Sie half sogar, aus den verschiedenen Ecken im Haus seine Taschentücher und Krawatten zusammenzusammeln, und legte sie in den Koffer. Bei Benjamin war das anders. Er lehnte sich gegen die Bücherregale und kaute an den Nägeln seiner rechten Hand. Margalit schlug ihm auf den Arm und sagte:»Hör auf, du machst mich damit wahnsinnig.« Benjamin würdigte sie keines Blickes. Er sah Monsieur Robert bei dessen Vorbereitungen zu:»Für wie lange fährst du diesmal?«, fragte er schließlich.

»Wer weiß?« Monsieur Robert reckte die Arme.»Wer weiß. Ich stehe mit ein paar Herren in Kontakt, an die ich hohe Erwartungen knüpfe.« Monsieur Robert setzte sich aufs Bett und senkte die Stimme:»Ich will jetzt nicht zu viel verraten, aber es war sogar vom Ausland die Rede. Frankreich.« Wann immer Monsieur Robert erklärte, dass er über etwas nicht sprechen wolle, legte er auf der Stelle los. Benjamin und Margalit setzten sich auf den Bettvorleger und warteten.»Ich habe einen Freund in Frankreich mit einer Menge Kleingeld«, erzählte Monsieur Robert und seine Augen funkelten.»Er hat einen echten Goldfischteich im Garten und sein Haus«, fügte er hinzu,»ist ein regelrechter Palast mit einem Turm und einem Wald

19

drum herum. Selbst sein Hund frisst aus einem goldenen Napf«, gab Monsieur Robert an, als ginge es um ihn selbst und nicht um einen andern.

»Warum fährst du weg?«, wollte Benjamin wissen. »Warum fährst du gerade jetzt?«

»Willst du die Wahrheit hören, Benjamin? Du bist alt genug, und ich kann mit dir von Mann zu Mann sprechen. Soll ich dir die Wahrheit sagen? Seit meinem Erfolg beim Begräbnis der Schlange erhielt ich viel Echo von den Leuten. Es traten Männer an mich heran, die behaupteten, ich sei großartig gewesen. Ich sei geradezu für die Politik und für die Werbung geschaffen.«

»Wer hat das behauptet?«, bohrte Benjamin.

»Wer?«, sagte Monsieur Robert, der im Zimmer auf und ab ging, »es waren Menschen, deren Meinung ich wertschätze.«

Immer wenn Monsieur Robert das Haus verließ und in die Großstadt fuhr, war der Reise etwas vorausgegangen, das seine Fantasie beflügelt hatte. Einmal war es eine Nachricht in der Zeitung gewesen, die seine Aufmerksamkeit erregte, einmal eine Theatertruppe, die im Städtchen auftrat, mal der Besuch des Innenministers oder ein mysteriöses Telefongespräch und diesmal, wie schon gesagt, die Beerdigung einer Schlange und die Rede, die er zu diesem Anlass gehalten hatte.

»Das war's«, sagte Monsieur Robert und sah auf seine Armbanduhr. »Ich muss mich beeilen, am besten ruf ich mir ein Taxi.«

Und so brach Monsieur Robert auf, nachdem er noch versprochen hatte, Briefe und vor allem Ansichtskarten zu schicken. Madame Rachelle atmete auf. Sie mochte Monsieur Robert und seinen ausschweifenden Lebensstil nicht, obwohl er der Vater ihrer Enkelkinder war. Als Mirjam an diesem Tag von der Arbeit kam, war es still im Haus. Das Radio war abgestellt und es standen nicht überall Kaffeetassen mit Zigarettenkippen drin rum. Die Kinder warteten ein paar Tage. Es vergingen Wochen, ohne dass Monsieur Robert zurückkehrte. »Vielleicht ist er wirklich nach Frankreich gefahren«, sagte Margalit zu Benjamin, doch Benjamin war mit seinen eigenen Dingen beschäftigt.

Morgens fuhr er mit dem Rad Brötchen und Milch aus, um seine Mutter »mit ein paar Groschen« zu unterstützen, wie Madame Rachelle das nannte. Dann verschwand er für den Rest des Tages von der Bildfläche. Keiner wusste, womit er sich die Zeit vertrieb. Margalit bedauerte zutiefst, dass der Ruhm des Schlangenbegräbnisses so rasch verflogen war. Sie beklagte sich über ihr langweiliges Leben und verfasste lange Briefe an ihre Cousine Netanya, die auf dem Land wohnte. Die Sommerferien näherten sich ihrem Ende und Margalit wartete sehnsüchtig auf die Schule. Jeden Tag sah sie im Briefkasten nach, ob vielleicht ein Brief von ihrem Vater gekommen war, doch immer wurde sie enttäuscht. Den lieben langen Tag jammerte sie Madame Rachelle vor, sie habe ihr eintöniges Leben, in dem nichts passiere, satt. Immer wieder fing sie etwas an, was sie aber sofort wieder aufgab, sie spielte und stritt mit den Nachbarskindern, stopfte sich mit Süßigkeiten voll, vergoss ein paar Tränen, wenn sie traurige Geschichten las, kurzum, »sie war ätzend«, wie Benjamin ihren Zustand nannte. Nacht für Nacht nahm sie sich vor, »eine neue Seite aufzuschlagen und von vorn anzufangen«, vor allem, weil sie den Klang der Worte so liebte, die sie jedes Mal tief beeindruckten.

Der Auszug von Monsieur Robert stellte im Leben der Helden dieses Buches den Beginn einer neuen Zeit dar.

Drittes Kapitel

Wichtige Angelegenheiten

Benjamin beugte sich über das Buch und pauste konzentriert die Zeichnung eines Rades ab. Vor Anstrengung zeigte seine Zunge in Richtung Kinn. Als er fertig war, zog er ein paar Blätter aus der Schublade und reihte sie aneinander. Er runzelte die Stirn: Es fehlte etwas. Dann legte er die Skizzen zurück in die Schublade und schlüpfte in seine Sandalen, um Nissim Kastariano einen Besuch abzustatten.

An der Haustür überlegte er es sich anders und machte kehrt. Er holte eine Kiste aus der Schublade, an die er ein Vorhängeschloss angebracht hatte. In der Kiste lagen fünf oder sechs gestreifte, mit Stempeln und Briefmarken versehene Briefumschläge. Er zog einen dünnen gelben Briefbogen aus einem dieser Kuverts und las das Geschriebene aufmerksam durch. Vor allem den Absatz, der mit Rotstift markiert war: »Die Leute sind sehr liebenswert. Ich könnte ihnen stundenlang bei der Arbeit zusehen. Es ist ein Mädchen in Margalits Alter darunter, das mit sechs Bällen in der Luft jonglieren kann, ohne auch nur einen einzigen fallen zu lassen. Ich glaube, sie gehören alle zu einer Familie, denn die Söhne sehen ziemlich ähnlich aus. Am Ende der Vorstellung zieht das Mädchen ihren karierten Hut und geht damit durch die Menschenmenge, die sich um sie versammelt hat. Jedem, der eine Münze in den Hut wirft, schaut sie in die Augen und sagt lautlos ›danke‹, nur durch die Bewegung ihrer Lippen.«

Als er fertig gelesen hatte, legte Benjamin die Umschläge vorsichtig in die Kiste zurück und achtete darauf, dass sie wieder gut verschlossen war. Dann zog er die Schnur stramm, die die beiden Hälften des Zimmers trennte, und band sie am Fenstergriff fest. Seine eigene Zimmerhälfte erinnerte an ein Materiallager oder an ein Hamsternest: Es standen Dosen mit Schrauben und Nägeln herum, seltsame Ziegelsteine türmten sich, von denen niemand wusste, wozu sie dienen sollten, eine Sammlung verschiedener Stofffetzen hatte er dort aufbewahrt und eine große Holztafel stand da, an der Benjamins ganzes Werkzeug hing: Schraubenzieher, Hammer und Dietrich. Er hatte die Angewohnheit, tausend Gegenstände, die er auf der Straße fand, mit nach Hause zu nehmen, denn er hoffte, so einmal eine der komplizierten Maschinen, die er sich in den Büchern ansah, nachbauen zu können.

Irgendwann hatte er eine große, von Holzwürmern zerfressene Holzkiste gefunden und in den Kleiderschrank gestellt. Auf Margalits Frage, was er damit vorhabe, hatte er wortkarg geantwortet: »Sie bleibt für alle Fälle hier.« Überhaupt sprach Benjamin nicht viel und wenn er etwas sagte, war er »kurz angebunden«.

Menschen, die viel redeten, wie seine Schwester Margalit, machten ihn misstrauisch. Benjamin war überzeugt, dass Worte nichts weiter als unnötige Begleitmusik von Handlungen sind. Mit seinen dreizehn Jahren war er nicht sehr groß, aber stark und muskulös. Er achtete stets darauf, dass sein Haar kurz geschnitten war, er verabscheute neue Sachen zum Anziehen und Mädchengeklatsche und hasste es, wenn es etwas zu essen gab, was er nicht kannte. Er beschäftigte sich mit Erwachsenenproblemen, das heißt mit dem Geldverdienen und mit dem Lebensunterhalt. Neben dem Milchverkaufen hatte er immer noch einige andere Beschäftigungen. Benjamin hatte ein paar treue Freunde, die seine ständigen Begleiter waren. Einer von ihnen war, wie schon erwähnt, Nissim Kastariano, zu dessen Wohnung Benjamin gerade unterwegs war. Nissim wartete schon auf dem Bürgersteig. Als er Benjamin sah, schwang er die pralle Tüte, die er in der Hand hielt: »Äpfel und ein paar Stullen«, sagte er. »Meine Mutter hat sie für uns geschmiert.«

»Wo ist das Fahrzeug?«, fragte Benjamin.

»Mein Bruder bringt es in ein paar Minuten«, sagte Nissim.

Sie hatten sich am Vortag verabredet, ins Schwimmbad von Kiryat Ono zu fahren.

»Wie läuft die Sache?«, fragte Nissim.

»Ich hab ein Problem mit dem Montieren der Teile. Keine Ahnung, ob sie sich auf der Straße zusammenschrauben lassen. Ich glaube, ich muss jemanden fragen«, sagte Benjamin.

An der Straßenecke tauchte ein rot gestrichenes Damenfahrrad auf. Auf dem Rad saß Nissims Bruder Mordechai. »Wann seid ihr zurück?«, fragte er ungeduldig. Benjamin zuckte die Achseln. Nissim kletterte auf den Gepäckträger, weil er klein und zierlich war, und Benjamin stieg auf den Sattel. Als sie am Schwimmbad ankamen, machten sie einen Bogen um den Haupteingang. Das Rad schoben sie zu einem Sandhaufen hinter dem Schwimmbad. Dort band Nissim das Rad mit einer dicken Eisenkette an einen Busch. Benjamin zog sein Hemd aus und streifte die Schuhe ab. Wie eine Katze kletterte er auf die Mauer und sah in das Bad. Er machte Nissim ein Zeichen und streckte ihm die Hand hin. Fünf Minuten später lagen beide auf dem Rasen hinter dem Becken und ließen sich die Äpfel schmecken. »Und jetzt an die Arbeit«, sagte Benjamin und stand auf. Er ging auf das Kassenhäuschen zu, Nissim schlich hinter ihm her. In dem Häuschen saß eine dicke Kassiererin und blätterte in einer Zeitung, deren Seiten vom Wind des Ventilators in alle Himmelsrichtungen geweht wurden. »Könnten Sie uns vielleicht behilflich sein?«, fragte Benjamin. Die dicke Frau sah ihn erwartungsvoll an. »Ich bin mit meinen beiden kleinen Brüdern hier«, sagte Benjamin, »und den Kleinen, ich meine nicht den da, den anderen habe ich verloren.«

»Und was kann ich dabei tun?«, fragte die Dicke.

»Wäre es möglich, dass Sie auf meinen Bruder aufpassen?«

»Aber du hast doch gerade gesagt, du hast ihn verloren«, sagte die Kassiererin ungehalten.

»Nein, ich meine auf den hier«, sagte Benjamin und zeigte auf Nissim.

Die Kassiererin sah Nissim lange an und sagte: »Der da ist doch alt genug, um allein zu warten, oder etwa nicht?«

»Na ja, es ist so«, sagte Benjamin und senkte den Blick, »er ist nämlich stumm. Er kann nicht sprechen. Und hier gibt es ein paar Typen, die ihn fertig machen und zum Reden zwingen wollen. Ich lasse ihn nicht gern allein.«

Die Augen der Dicken wurden weich. »Gut«, sagte sie, »er kann bleiben.«

»Vielen Dank«, sagte Benjamin, »ich bin gleich wieder da.«

Als er gerade gehen wollte, stieß er an der Tür mit dem Wärter zusammen. »Was gibt es?«, polterte der Wärter. »Wo ist deine Eintrittskarte?«

»Das geht in Ordnung«, sagte die Dicke aus dem Häuschen. »Alles klar, Izik. Er hat seinen kleinen Bruder verloren.«

»Hast du das Teil gefunden?«, fragte Nissim wenig später, als sie sich nach dem Schwimmen auf dem Rasen ausstreckten.

Benjamin nickte: »Ich hoffe, es passt.« Benjamin kaute einen Grashalm und Nissim machte es ihm nach.

Viertes Kapitel

Ein beschwerliches Leben

Der Weg von der Wohnung zum Krankenhaus führte über ein weites Feld, das von einer Straße durchquert wurde. Auf dem Feld hatten früher Wellblechbaracken gestanden. Dann hatte man Siedlungen gebaut, in die man die Barackenbewohner verpflanzt hatte.

Der Weg durch das Feld war beschwerlich, vor allem im Sommer. Der Boden ringsum war grau. Em Ende ragte der Strommast wie ein Leuchtturm in die Höhe. Eidechsen huschten über die Straße.

Mirjam, Margalits und Benjamins Mutter, legte den Weg viermal am Tag zurück: das erste Mal morgens um sechs – um diese Zeit ging sie mit ihrer Freundin, Frau Pola, zum Krankenhaus. Beide schwatzten in der sauberen Morgenluft und reichten einander Gebäck. Mittags, auf dem Heimweg, der doppelt so lang zu sein schien, ging sie allein. Wenn sie am Nachmittag wieder zur Arbeit aufbrach, begleitete Benjamin sie bis zur Bushaltestelle. Am Abend, wenn im Flur des Krankenhauses nur eine einzige Birne brannte, machte sie den Weg zum vierten Mal. Dann dachte sie über Benjamin und Margalit und über sich selbst nach. Mirjam war eine kleine zierliche Frau, die auf ihre äußere Erscheinung keinerlei Wert legte. So trug sie Margalits Turnschuhe ab, die mit verschiedenen Aufschriften geschmückt waren. Die Schuhe verliehen Mirjams zarten Knöcheln den Anschein eines jungen Mädchens. Der stand im Gegensatz zu den beiden tiefen Furchen, die sich, seit ihr Mann ausgezogen war, zu beiden Seiten ihrer Lippen abzeichneten. Doch sie klagte nie und bat auch niemanden um einen Gefallen. Wenn sie abends nach Hause kam, öffnete sie vorsichtig die Haustür, um Margalit nicht zu wecken. Benjamin wartete in der Küche auf sie, wo er über seine Skizzen, Schrauben und die Sammlung Nägel gebeugt saß.

Mirjam brühte sich einen Kaffee auf und bestrich sich eine Scheibe Brot mit Margarine und Quark. Dann stellte sie ihre Füße in einen Bottich mit warmem Wasser. Benjamin brachte das Haushaltsheft, und beide saßen lange zusammen und stellten Berechnungen an. Manchmal, wenn sie aus einem Traum erwachte, hörte Margalit das Murmeln der beiden aus der Küche und schlief sofort wieder ein. Später, wenn auch Benjamin schlief, erledigte Mirjam ein paar Hausarbeiten, legte Wäsche zusammen und bereitete das Mittagessen für den nächsten Tag vor.

Wenn sie endlich zu Bett ging, war es beinahe Mitternacht. Sie dachte an Benjamin. Alle möglichen Gedanken gingen ihr durch den Kopf. Seit einem Monat fragte sie sich, ob sie Benjamin in ein Internat schicken sollte. Eins wie das, in dem Polas Sohn seinen Schulabschluss machte. Sie war einmal dort gewesen und vor allem der Rasen und die Wassersprenkler und das sommersprossige Gesicht einer jungen Betreuerin hatten ihr gefallen. Benjamin war schon groß, trotzdem trug er zu viel Verantwortung für sein Alter. Das Leben hier, sagte sie sich, bietet ihm keine Zukunft. Dann sagte sie sich immer wieder: Er ist doch noch ein Junge und er hängt noch so an uns. Auf einmal wurde sie unruhig: Hatte sie daran gedacht, die Lampe im Flur auszuknipsen? Sie steckte ihre Füße in die Pantoffeln und eilte in den Flur. Hinter der Wand hörte sie das Seufzen von Madame Karkura Levy. Morgen wird sie wieder klagen, dass sie der Bauch gedrückt hat, dachte Mirjam. Wen wunderte das? Wer den ganzen Tag gebratene Auberginen und Orangenmarmelade aß, dem musste der Bauch ja wehtun. Einmal hatte sie Frau Karkura vorgeschlagen, leichte Speisen zu essen: »Essen Sie Dickmilch«, hatte sie ihr geraten. »Dickmilch und eine Scheibe Brot. Vielleicht trinken Sie eine Tasse Tee dazu.« Am nächsten Tag hatte man Madame Karkura ins Krankenhaus gebracht, und niemand hatte sie davon überzeugen können, dass ihre Beschwerden nicht auf das Konto der Dickmilch gingen.

Mirjam legte sich wieder ins Bett. Sie knipste die Nachttischlampe an und hatte vor zu lesen, bis ihr die Augen zufielen. Aber als sie etwa auf der Mitte der Seite war, vermischten sich ihre Gedanken mit dem, was sie las. Sie klappte das Buch zu und legte es auf den Nachttisch. Schlaf jetzt, ermahnte sie sich. Aus dem Nebenzimmer hörte sie Margalit murmeln. Mirjam lächelte: Nicht einmal im Schlaf kann sie still sein. Sie ist wie ein Radio. Vielleicht würde Mirjam nächsten Monat eine Gehaltserhöhung bekommen, dann könnte Benjamin vielleicht aufhören zu arbeiten und ordentlich lernen. Sie seufzte.

Am nächsten Tag machte sie auf dem Nachhauseweg vom Krankenhaus einen Abstecher zum Lebensmittelladen der Naims. Zwar hatte Margalit schon die Einkäufe erledigt, aber Mirjam wollte einen Kuchen backen und brauchte Backpulver. Sie hielt einen Strauß Blumen in der Hand, den ihr eine Patientin geschenkt hatte. »Wie geht es Ihnen?«, fragte Frau Naim über ihre Schulter. Frau Naim hatte die Eigenschaft, überraschend und an den unerwartetsten Stellen aufzutauchen. »Ausgezeichnet«, sagte Mirjam lächelnd und vergrub ihr Gesicht in den Blumen. »Was für ein Duft«, sagte sie.

Sie hatte das Backpulvertütchen schon in die Tasche gesteckt und war im Begriff zu gehen, als sie von Frau Naims Stimme aufgehalten wurde: »Mirjam«, sagte sie, »haben Sie etwa angefangen zu rauchen?«

»Nein, wie kommen Sie darauf?«, sagte Mirjam verdutzt. Klara Naim schwieg. Dann sagte sie leise: »Wissen

Sie, dass Benjamin jeden Tag ein Päckchen Zigaretten bei mir kauft?«

»Benjamin?«, fragte Mirjam verwundert. Sie fühlte, wie sie blass wurde.

»Ich dachte, Sie wissen das«, sagte Klara Naim.

»Nein, das wusste ich nicht«, sagte Mirjam. Am liebsten wäre sie sofort aus dem Laden gegangen.

Klara Naim sah sie mit großer Aufmerksamkeit an: »Sie wissen ja, wie sie in diesem Alter sind. Sie lassen keinen Unfug der Erwachsenen aus.«

Mirjam konnte es nicht leiden, wenn man sich in ihr Privatleben einmischte und jetzt, verärgert und müde, wie sie war, verlor sie, die sonst eine freundliche und höfliche Person war, ihre Geduld: »Meinen Sie wirklich?«, sagte sie trocken. »Ich habe keine Ahnung, wie die Kinder heute sind, ich weiß nur, wie mein Junge ist, und der ist völlig in Ordnung.« Sie dachte an nichts und wollte nur schleunigst nach Hause. Benjamin und Margalit warteten an der Straßenecke. »Wo kommst du her?«, fragte Benjamin. »Wir warten schon eine Viertelstunde.« »Zehn Minuten«, korrigierte Margalit und fragte sofort: »Was hast du mir mitgebracht?«

»Ist alles klar bei euch?«, fragte Mirjam. Sie sah Benjamin nicht an.

»Mein Bruder ist ätzend«, rief Margalit, »stell dir vor, heute Morgen hat er mich gezwungen, die Mülltonnen sauber zu machen.« Mirjam schwieg.

»Geht es dir nicht gut?«, fragte Benjamin und sah seine Mutter besorgt an.

»Nein, alles in Ordnung«, sagte Mirjam, »ich bin nur ein bisschen müde.«

Margalit setzte ihre Rede fort. Sie war beleidigt, dass man sie unterbrochen hatte: »Später hat er Nissim Kastariano mit heimgebracht, und die beiden haben sich eingesperrt und mich nicht ins Zimmer gelassen. Ich habe eine

Stunde wie ein Bettler vor der Tür gestanden und konnte nicht in mein Zimmer.«

»Halt die Klappe«, sagte Benjamin.

»Und als sie rauskamen«, fuhr Margalit fort, »haben sie mich behandelt, als ob ich Luft wäre. Sie haben mich nicht mitmachen lassen und haben sich weiter auf die gleiche elende Weise benommen.« Margalit holte Luft und verschränkte die Arme hinter dem Rücken. Sie war zufrieden mit ihrer kleinen geschliffenen Rede. Vor allem damit, dass sie die komplizierten Worte richtig eingesetzt hatte.

Am gleichen Nachmittag fiel der Entschluss. Mirjam saß bei Madame Rachelle und trank starken, schwarzen Kaffee. Aus der Küche duftete es nach Schabbat: Zucchini in Tomatensoße, Zitronensuppe mit Kartoffeln, gelber Reis mit Kreuzkümmel und Zwiebeln und ein schwarzweißer Marmorkuchen. »Iss deinen Kuchen«, drängte Madame Rachelle ihre Tochter. Mirjam zerkrümelte lustlos ein Stück Kuchen und formte aus den Krümeln Kugeln. Madame Rachelle ließ sich auf ihrem Sessel nieder und erst, nachdem sie die Füße auf den Schemel gestellt und ihre Kleidung geordnet hatte, war sie zufrieden. »Bist du sicher?«, fragte sie ihre Tochter auf Französisch. Wichtige Dinge wurden grundsätzlich auf Französisch besprochen.

»Die Umgebung hier ist nichts für ihn«, sagte Mirjam. »Ich überlege schon eine Weile, ob ich ihn in ein Internat schicken soll oder nicht, jetzt weiß ich es.«

»Das hält er nicht aus«, sagte Madame Rachelle, »ich kenne Benjamin. Es wird ihm das Herz brechen.«

Mirjam zuckte die Achseln: »Ich muss es tun.«

»Und was ist mit dem Mädchen?«, fragte Madame Rachelle. »Sie kann doch bei dir bleiben, oder?«, fragte Mirjam.

Madame Rachelle schob vorsichtig ein Kuchenstück auf eine Papierserviette, balancierte es zum Mund und verspeiste es in einem. »Köstlich«, schmatzte sie.

Mirjams Blick war weit weg in den Wipfeln der Zypressen. Mitunter dachte sie, dass die Leichtigkeit und Amüsiertheit ihrer Mutter in gewissen Situationen einfach nicht angebracht waren. Vor allem störte sie die Art, wie Madame Rachelle ihren Kuchen genoss, wenn es so wichtige Dinge zu besprechen gab. Margalit kommt besser mit ihr zurecht als ich, dachte sie verbittert. »Ich habe mich entschieden«, sagte sie schließlich, »aber behalt es vorerst für dich. Sag nicht mal Margalit etwas davon.«

Fünftes Kapitel

Geheimnisse

Benjamins und Nissims Geheimnistuerei störte Margalit sehr. Dass ihr Benjamin ausdrücklich verboten hatte, in seinen Bereich einzudringen und in seiner Schreibtischschublade zu kramen, ärgerte sie am meisten. Eines Morgens ragte ein gestreifter Umschlag aus Benjamins Schublade. Die gestreifte Ecke brachte Margalit dazu, auf der Stelle und ohne nachzudenken die Grenze zu überschreiten (das heißt, die andere Hälfte des Zimmers zu betreten, das Benjamin mit ihr teilte). Auf den ersten Blick war in Benjamins Hälfte nichts Aufregendes zu sehen: Schrauben, ein wenig Werkzeug, ein Foto mit einem muskulösen Matrosen auf einem Schiff. Auf dem Schreibtisch lagen zwei Bonbons, die Margalit sofort in den Mund steckte. Die Schublade war verschlossen, aber Margalit gab sich nicht so rasch geschlagen: Sie holte ein Küchenmesser und nachdem sie eine Weile im Schloss herumgestochert hatte, ließ sich die Schublade öffnen. Darin lag ein Stapel Transparentpapier mit Zeichnungen drauf. Margalit betrachtete sie aufmerksam. Am unteren Rand des ersten Blatts stand: ›Plan‹. Am Rand der zweiten Seite stand: ›Teilnehmer‹. Und in kleinen Buchstaben war hinzugefügt: »Mindestens fier.« ›Vier‹ hatte Benjamin falsch geschrieben, Rechtschreibung war nicht gerade seine Stärke. Bevor Margalit der Sache auf den Grund gehen konnte, hörte sie die Wohnungstür ins Schloss fallen. Hastig legte sie die Papiere zurück, schob die Schublade zu und streckte sich auf ihrem Bett aus. Benjamin kam schwitzend und nach Milch riechend ins Zimmer. »Du stinkst wie eine Molkerei«, sagte Margalit.

»War jemand in meinem Zimmer?«, fragte Benjamin, der auf seinen Schreibtisch schaute.

Margalit zuckte gleichgültig die Achseln. »Wen interessiert's?«

»Gut«, sagte Benjamin und sah ihr direkt ins Gesicht. »Wenn tatsächlich jemand da herumgekramt haben sollte, will ich gar nicht aussprechen, was mit ihm passiert.«

Margalit konnte sich nicht zurückhalten: »Was denn?«, fragte sie, »was soll ihm schon passieren?«

Benjamin ging zur Tür, und erst als er dort ankam, drehte er sich um, fuhr mit der Hand quer über seine Kehle und fragte laut: »Kapiert?«

Durch Margalits Kopf rasten die Gedanken wie Mäuse, die von Zimmerecke zu Zimmerecke hasten: Was hatten Benjamins Pläne zu bedeuten und was die seltsamen Zeichnungen? Und was hatte es mit der verschlossenen Kiste auf sich, deren Inhalt sie nicht herausgefunden hatte?

Als Benjamin wieder aus der Wohnung war, rannte Margalit nach draußen zu der Stelle, die sie »Stuhl« nannten. Sie hoffte, Sima dort zu treffen, mit der sie ihre Überlegungen teilen wollte. Der »Stuhl« war der Paternosterbaum mit seinem dicken Stamm, der die Form eines »V« bildete. Dieser Baum war häufig Anlass für Streitereien: Jeder wollte sich gegen den Stamm lehnen und nur selten siegte Margalit. Diesmal, es war in den späten Morgenstunden, machte ihr niemand den Platz streitig. Keiner war in der Nähe und sie konnte sich so lange gegen den Stamm lehnen, wie es ihr gefiel. Aber, wie Madame Rachelle es gern formulierte, der Erfolg schmeckte bitter, wenn er zu leicht errungen war!

Sima war nicht da. Margalits Augen wanderten die leere Straße entlang. Sie versuchte die Fakten aneinander zu reihen, wie sie es in Krimis gelesen hatte. Was die Zeichnung mit den Rädern anbelangte, so war sie sich

absolut sicher. Es war ein Konstruktionsplan für ein Fahrrad. Aber was konnte Benjamin damit vorhaben? Sie
strengte ihr Gehirn an. Schließlich hatte er schon ein Rad!
Und was hatten die Teilnehmer zu bedeuten? Vier Teilnehmer? »Vier Teilnehmer auf einem Fahrrad« sagte sie
laut, und sofort leuchteten ihre Augen und sie rief: »Ein
Zirkus!« Benjamin wollte einen Zirkus gründen. »Na
klar«, sagte sie noch lauter.

»Na mach schon«, hörte sie eine dünne Stimme hinter
sich sagen. Sie drehte sich um: Es war Gabriel, der Sohn
von Jossi, dem Schreiner, der auf dem Sandhügel hinter ihr
hockte und einen jungen Hund auf dem Arm hielt. Der
kleine Hund winselte ununterbrochen.

»Was machst du mit ihm?«, fragte Margalit.

»Nichts«, sagte Gabriel, der dem Hündchen das Maul
aufhielt. »Ich füttere ihn nur.«

»Und was gibst du ihm?«, fragte Margalit, die näher
kam.

»Eine Wassermelone«, sagte Gabriel.

»Eine Wassermelone?!«, rief Margalit, »Hunde können
erblinden, wenn man ihnen süßes Obst gibt, hast du das
nicht gewusst?« Nein, das hatte Gabriel nicht gewusst.

»Lauf nach Hause und hol ihm Magerquark, Magerquark ist am besten für Hunde«, sagte Margalit.

Gabriel ließ achtlos von dem Hundejungen ab. Auf einmal war er der ganzen Sache überdrüssig. »Du kannst ihn
haben, wenn du willst«, sagte er. »Ich hab ihn gefunden.«

»Du meinst, ich kann ihn behalten?«, fragte Margalit
zögernd.

»Es ist ein Schäferhund«, verkündete Gabriel.

Margalit sah sich, wie sie nachmittags, von einem großen, prachtvollen Hund begleitet, spazieren ging. »Abgemacht«, sagte sie, »gib her.« Sie nahm den jungen Hund
und tätschelte ihm den Hals. Der Hund schloss die Augen.
»Wie heißt er?«, fragte sie.

Gabriel zuckte die Achseln: »Vielleicht Humi. Ich weiß es nicht genau. Er hat noch keinen Namen.« Margalit sah zur Straßenecke. Sima war nicht zu sehen. Also ging sie samt Hund und Geheimnis zurück nach Hause.

Sechstes Kapitel

Café »Milano«

Jeden Dienstagnachmittag fuhren Madame Rachelle und Margalit nach Petah Tikva zum Café »Milano«. Um Punkt halb vier klopfte Margalit vorsichtig gegen Madame Rachelles rote Tür. Innen roch es wie immer nach Lavendel. Madame Rachelle war gerade dabei, ihre Perlenkette um den Hals zu legen. Nachdem sie Margalits Fingernägel und Ohren kontrolliert hatte, um zu sehen, ob sie würdig war, sich unter die Menschheit zu begeben, machten sich beide auf den Weg. Margalit trug Madame Rachelles schwarze Tasche, die neben der Geldbörse noch drei parfümierte Taschentücher enthielt.

Als der Bus Nummer sechsundsiebzig an der Ecke auftauchte, setzte Madame Rachelle ihre Brille auf, um zu sehen, welcher Fahrer hinter dem Steuerrad saß. »Schon wieder der Rothaarige«, sagte sie missmutig. »Guten Tag, Madame Rachelle«, begrüßte sie der Fahrer, »Ihr Stammplatz ist frei.« Auch die Businsassen nickten zum Gruß. Madame Rachelle war zufrieden: »Wenn es in diesem Land Menschen gibt, die sowohl Respekt verlangen als auch erwecken, ist das ein Zeichen, dass noch nicht alles verloren ist«, pflegte sie auf Französisch zu sagen.

Unterwegs zum Café »Milano« machten sie zweimal Station: Einmal in einem türkischen Kaffeegeschäft und einmal in einem Kurzwarenladen, in dem sich Madame Rachelle in aller Ruhe Reißverschlüsse und Bänder aussuchte und gelassen mit dem Verkäufer um den Preis feilschte.

Das Café »Milano« war mit rosa Stühlen und winzigen runden Tischen eingerichtet, über der Theke hingen

Schilder, die Margalit laut vor sich hin las: Vanille, Schoko, Fruchteis, Milkshakes, Diäteis. Ihr Tisch war der dritte von links: Von dort konnte Madame Rachelle am besten sehen, wer kam und ging. Margalit bestellte immer eine Schokoladenmilch und Madame Rachelle fragte sie jedes Mal:»Meinst du, du schaffst sie?« Margalit liebte die langen Gläser mit den Kakaorinnsalen, die über den Rand liefen.

»Benjamin hat ein Geheimnis«, verkündete Margalit Madame Rachelle, nachdem der Strohhalm ein letztes Schlürfgeräusch von sich gegeben hatte.

Madame Rachelle nippte vorsichtig an ihrem Kaffee:»Wer hat das nicht«, sagte sie,»das Leben selbst ist ein einziges Geheimnis.«

»Nein, du verstehst mich nicht«, beharrte Margalit,»er hat ein richtiges Geheimnis. Er bewahrt ein paar Blätter auf, auf denen sein Geheimplan steht.« Sie malte alles ein wenig aus, damit ihre Worte den gewünschten Eindruck hinterließen.

»Vielleicht hat er eine Freundin«, schlug Madame Rachelle vor.»Mit dreizehn rennen sie schon den Röcken hinterher.«

»Eine Freundin?«, fragte Margalit verwundert. Benjamin hatte mit Mädchen nichts am Hut und Madame Rachelle wusste das genau.»Nein, es geht nicht um ein Mädchen«, sagte Margalit.»Er hat einen Plan, wie ein Spion, einen geheimen Plan.«

Madame Rachelle runzelte die Stirn.»Das sind doch Spielereien«, sagte sie,»er unterstützt seine Mutter. Das ist es, was er tut.«

Margalit hatte keine Gelegenheit, über Madame Rachelles Worte nachzudenken, weil sich deren Gesicht sofort zu einem breiten Lächeln erhellte: Monsieur Samuel kam auf ihren Tisch zu. Monsieur Samuel wohnte in der Nähe des Cafés »Milano« und unterhielt sich gern auf Französisch mit Madame Rachelle. Er hatte eine glänzende Glatze, die rund war wie ein Straußenei, und einen gewaltigen Schnurrbart. Außerdem war der Nagel seines kleinen Fingers lang und gepflegt.

»Bonjour die Damen«, sagte Monsieur Samuel und küsste Madame Rachelle die Hand. Man hörte ihn Stühle und Tische rücken, bis er den passenden Platz eingenommen hatte. »Was gibt es Neues, ma petite?«, fragte er, während sein großer Schnurrbart hüpfte.

»Nichts«, sagte sie, »nur, dass ich jetzt einen Hund habe.«

»Einen Hund?«, fragte Monsieur Samuel erstaunt, »und was macht der so?«

»Bellen und fressen«, erklärte Margalit Monsieur Samuel geduldig. Monsieur Samuel schüttelte ungläubig den Kopf und widmete sich dann Madame Rachelle. Es dauerte nicht lange, bis es Margalit langweilig wurde. Sie stützte die Ellbogen auf den Tisch und begann die Besucher des Cafés nach ihrem Alter und dann nach ihrem Aussehen zu sortieren.

Zu ihrer Überraschung sah sie am Nachbartisch das dunkelhäutige Mädchen, das sie von dem Schlangenbegräbnis noch in Erinnerung hatte. Bei ihr saßen die beiden Schwestern und eine Dame mit einer Hochfrisur, roten Fingernägeln und einer Zigarette. Die jungen Schwestern aßen Eis und leckten ihre klebrigen Finger ab. Das dunkle Mädchen starrte auf die Straße. »Und wann kommst du wieder?«, hörte Margalit sie sagen, ohne die elegante Dame anzusehen.

Die Dame zog den Rauch der Zigarette tief ein. »Ich habe keine Ahnung«, sagte sie, »jedenfalls wird es spät. Mach ihnen was zum Abendessen und warte brav auf Papa.« Später öffnete sie ihr rotes Portmonee und zählte ein paar Münzen ab. »Hier ist genug Geld für den Bus und für Brot und Milch.« Sie legte die Münzen auf den Tisch, aber das Mädchen rührte sie nicht an. »Ich hab genug Geld«, sagte es.

»Du hast Geld?«, fragte die Dame verwundert. »Woher denn?«

»Papa hat mir heute Morgen etwas gegeben und ich habe noch nichts davon verbraucht«, sagte sie.

Die Dame stand auf. »Ich muss los«, sagte sie.

Das Mädchen sah sie an. »Du hast einen Fleck auf der Bluse.«

»Die Dame machte einen Finger mit etwas Spucke nass und rieb an dem Fleck. »Macht nichts«, sagte sie, »tschüss, ihr Süßen.« Sie küsste die Kleinen auf ihre Scheitel. Das Mädchen sah sie flehend an: »Auf Wiedersehen, Sarah.«

»Wiedersehen«, sagte Sarah, ohne hinzusehen.

Margalit holte tief Luft: Hier stimmt was nicht, dachte sie bei sich. Die Mädchen saßen noch eine Weile da, dann standen sie auf, um zu gehen. Sarah ging zur Theke und legte ein Häufchen Kleingeld hin. »Das ist zu viel«, rief die Kellnerin. »Macht nichts, behalten Sie den Rest«, sagte Sarah.

Margalit beschloss, sofort zu handeln. »Hallo«, sagte sie und streckte Sarah die Hand hin, »ich bin Margalit, wir wohnen im selben Viertel. Ich habe euch bei der Beerdigung der Schlange gesehen.«

Sarah ließ Margalits Hand in der Luft hängen. »Ich kann mich nicht an dich erinnern«, sagte sie trocken.

»Wenn ihr einen Moment warten könntet«, sagte Margalit, die Sarahs Ernst verlegen machte, »wenn ihr einen Moment warten könntet, könnten wir alle zusammen nach Hause fahren. Ich bin mit meiner Oma hier.« Beide sahen Madame Rachelle an.

»Ist das deine Oma?«, fragte Sarah, und ihr Gesicht hellte sich für einen Moment auf. Margalit nickte.

»Ich denke, wir kommen allein zurecht«, sagte Sarah, deren Gesicht sich wieder verschloss.

Die Mädchen gingen, Margalit sah ihnen nach: Sarah machte große Schritte. Sie hatte den Kopf zwischen die Schultern gezogen, und die Kleinen hatten Mühe, mitzuhalten.

»Wer war denn das?«, fragte Madame Rachelle, die sich die Unterhaltung zwischen den beiden nicht hatte entgehen lassen.

»Niemand Besonderes«, sagte Margalit. »Ein paar Mädchen aus der Nachbarschaft.«

Siebtes Kapitel

Freundinnen

Es ist schwer zu sagen, wann die Freundschaft zwischen Margalit und Sarah begann. Jedenfalls war es in der Schule. Die Ferien waren vorüber und es war »Schluss mit dem Blödsinn«, wie Madame Rachelle es formulierte. Margalit stattete sich mit so vielen Heften, Umschlägen und Bleistiften aus, dass sie für eine ganze Klasse ausgereicht hätten. Die komplette Ausrüstung wurde ihr im Kramladen von Herrn Meschulam angeschrieben. Herr Meschulam, ein Schurke, der seine Kundinnen bis in die tiefsten Tiefen hinein kannte, hatte sie dazu gedrängt, immer mehr zu kaufen. Ich verschweige besser das neue Mäppchen, das Herr Meschulam ihr angedreht hatte, und auch den Griffelkasten aus Holz und die glänzenden grünen und rosa Heftumschläge und den Stapel Notizblöcke in allen Größen, die Margalit gar nicht brauchte. Als Mirjam die vielen Hefte sah, wunderte sie sich einmal mehr, wie groß die Ausgaben eines elfjährigen Mädchens sein konnten.

Benjamin begnügte sich mit ein, zwei Heften, einem Bleistiftstummel und einer aufgerissenen Schultasche. Für ihn war die Schule eine Art Naturkatastrophe, die man irgendwie überstehen musste. Er konnte sich nicht besonders gut ausdrücken. Außerdem interessierten ihn die Fragen nicht, die ihm in der Schule gestellt wurden, und so beantwortete er sie nur widerwillig.

Was Margalit und Sarah anging: Habt ihr schon mal beobachtet, wie sich zwei Hunde beschnuppern und mit den Schwänzen wedeln, wenn sie einander begegnen? Bei

Menschen funktioniert es nicht viel anders. Schon als Margalit auf dem Schulhof stand und ihre neuen Schuhe mit denen der anderen Schülerinnen verglich, fiel ihr scharfer Blick auf eine schlanke Gestalt, die einen etwas zu großen Rock aus einem teuren Stoff trug und sich gegen einen Betonpfeiler lehnte. Es war Sarah. Aus der Entfernung – der ganze Schulhof lag zwischen ihnen – trafen einander zwei Augenpaare, wie der Angelhaken den Fisch. Bist du allein hier?, fragten Margalits Augen. Und wenn schon, blinzelten Sarahs Augen zurück.

Als sie ins Klassenzimmer kamen, setzte sich Sarah allein in die letzte Bank. Sie hielt ihre Schultasche eng an den Körper gepresst und schaute nicht zur Seite, genau wie damals im Café. Margalit setzte sich auf den Platz neben sie. »Wie heißt du mit Nachnamen?«, fragte sie sofort.

»Antabi«, antwortete Sarah schnell und leise, weil im selben Moment der Lehrer in die Klasse kam.

»Wie?«, fragte Margalit, die nicht richtig verstanden hatte.

»Antabi«, schrieb Sarah in großen Buchstaben auf den Umschlag ihres Hefts.

»Ah ja!«, sagte Margalit. Aber weil sie das Gespräch begonnen hatte, konnte sie nicht mehr aufhören: »Bist du mit dem Antabi vom Fahrradladen verwandt?« Sarah nickte und sah nach vorn. Ihre Augen hingen an der Tafel. »Ist das dein Vater?«, fragte Margalit weiter.

Plötzlich wurde es still in der Klasse und die Stimme von Herrn Dagani erklang: »Ich sehe, dass sich Margalit in den Ferien kaum verändert hat und wie im vergangenen Jahr wieder allein sitzen will.« Von allen Seiten erschallte Gelächter. Margalits Kopf wurde rot bis zu den Haarwurzeln: Sie wünschte, dass die Uhr auf der Stelle stehen blieb und die hässliche spöttische Fratze für immer auf dem Gesicht des Lehrers prangte. Bei der Vorstellung musste sie grinsen. »Ich sehe, du findest das auch noch witzig«, sagte

Herr Dagani. Er heftete einen langen, viel sagenden Blick auf Margalit und wandte sich dann der Tafel zu. Margalit streckte ihm die Zunge raus. Sie hörte ein ersticktes Lachen neben sich: Sarah verbarg ihr Gesicht hinter dem Heft und betrachtete sie von der Seite. Sie notierte einen Satz:»Willst du unbedingt Ärger?« Dann schrieben sie ein Diktat. Margalit fiel auf, dass Sarahs Handschrift schräg und verschlungen war.

Auf dem Nachhauseweg gingen sie zusammen. Zuerst begleitete Sarah Margalit, die näher zur Schule wohnte. Dann begleitete Margalit Sarah, die am Kindergarten vorbeigehen und ihre kleine Schwester abholen musste. Dann tauschten sie ihre Armbanduhren und Margalit gab Sarah ihre tiefsten Geheimnisse preis. Eine halbe Stunde lang erzählte sie von ihrem Vater, von Madame Rachelle und der neuen Hündin und von den Zeichnungen, die sie in Benjamins Schublade gefunden hatte. Und davon, dass sie immer hinter all seine Geheimnisse kam. Dann ging sie dazu über, über den Zirkus zu sprechen, den Benjamin gründen wollte. Sie flunkerte, dass sie die Kostüme mit eigenen Augen gesehen habe, die Benjamin angeblich schon zusammengetragen hatte. Sarah war eine ausgezeichnete Zuhörerin: Aufmerksam folgte sie Margalits Worten und stellte kurze, sachliche Fragen, die ihr Interesse bekundeten. Margalit schlug auf der Stelle vor, Blutsbrüderschaft zu schließen. Doch Sarah war nicht begeistert von dieser Idee, die ihr ein bisschen übertrieben schien.

Das Haus, in dem die Familie Antabi wohnte, lag fast völlig allein mitten in einem kleinen Wäldchen. Ein Autowrack ohne Räder stand am Weg, beladen mit Schrott und Müll. An der verwitterten grünen Mauer lehnten mehrere Fahrräder. Ein neues, glänzendes Rad war darunter, doch die übrigen sahen aus, als wären sie nicht mehr zu gebrauchen. Neben dem Eingangstor standen ein paar Fensterrahmen, die man samt ihren bunten Scheiben aus der

Mauer gebrochen hatte. Als sie ins Haus traten, schlug Margalit ein muffiger Geruch entgegen. In der Dunkelheit des Zimmers strengte sie ihre Augen an und sah Kleiderstapel, die auf den unbezogenen Betten und den Sesseln herumlagen. In der Ecke lagen drei schöne, grünbraun karierte Koffer, die noch nicht ausgepackt waren. Mitten im Zimmer stand ein Tisch mit leeren Flaschen, Aschenbechern voller Zigarettenstummel und Silberpapierchen von Schokolade und Süßigkeiten. Überall auf dem Boden lagen wie seltsame Vögel Lackstöckelschuhe in allen Farben. Sarah ging in die Küche, um das Mittagessen vorzubereiten, ihre Schwestern Orna und Illana setzten sich gehorsam auf den Teppich und sortierten ihre Legosteine. Margalit konnte sich nicht zurückhalten und schlüpfte in ein Paar Schuhe. So stolzierte sie bis zur Küche. Auch hier stapelte sich das schmutzige Geschirr. Leere Quark- und Dickmilchbecher standen herum. Auf dem Tisch sah sie ein Porzellanpuppen-Paar und eine Vase, in die jemand einen goldenen Schal gestopft hatte.

»Wo ist denn deine Mutter?«, traute sich Margalit endlich zu fragen.

»Bei der Arbeit«, sagte Sarah knapp. Dann fuhr sie fort: »Wir sind erst vor einem Monat hergezogen und wir haben es noch nicht geschafft, Ordnung zu machen. So ist es am Anfang immer. Das hier ist unsere achte Wohnung.«

»Die achte?«, fragte Margalit erstaunt, »das ist ja wie bei den Beduinen.«

»Nicht ganz«, grinste Sarah, »aber fast.« Dann rief sie ihre Schwestern: »Kommt essen!« Sie räumte den Tisch frei und stellte ein Tablett darauf, das mit mindestens zwanzig Scheiben Brot beladen war. Den einen Teil hatte sie mit Erdnussbutter, den anderen mit Schokoladencreme bestrichen.

»Ist das euer Mittagessen?«, fragte Margalit.

Es war die unpassendste Frage, Sarah wurde sofort verlegen. »Manchmal«, zuckte sie mit den Schultern. »Manchmal lässt mir Papa auch Geld hier, damit ich mit den Kleinen essen gehen kann. Aber wir essen die Brote gern, vor allem damit.« Sie zeigte auf die Erdnussbutter. »Die kommt aus dem Ausland, aus der Schweiz. Mein Vater kauft immer nur das Beste.«

Margalit nahm sich eine Scheibe Brot. »Lecker«, sagte sie. Sie dachte an die langweiligen Mittagessen, die ihre Mutter jeden Tag kochte. Später brachte ihr Sarah ein Kartenspiel bei und ließ sie ein paar Mal gewinnen. Sie erzählte, dass ihr Vater mit ihr Kartenspielen übte. Und sie stand ihm in nichts nach. Die Hausaufgaben verschoben Sarah und Margalit auf später, weil es so viele Dinge gab, die sie sich zu erzählen hatten. Sarahs Vater war tatsächlich der Herr Antabi aus dem neuen Fahrradgeschäft im Zentrum.

»Er hat alle möglichen Tricks drauf«, verriet Sarah.

»Was denn für Tricks?«, fragte Margalit neugierig.

»Manchmal sagt er, dass ein Rad nichts mehr taugt. Dann repariert er es aber doch und verkauft es an einen andern. Er macht es nicht immer so, aber ab und zu«, erzählte Sarah.

»Aber das ist doch glatter Betrug«, sagte Margalit bitter.

»Betrügen tun doch alle«, meinte Sarah gleichgültig und zuckte die Achseln.

»Meine Mutter nicht«, sagte Margalit bestimmt.

»Du weißt vielleicht nur nichts davon.« Sarah starrte auf die Karten in ihrer Hand. »Sicher betrügt auch sie, alle tun es. Und jetzt hab ich gewonnen«, sagte sie und legte die Karten auf den Tisch.

Margalit dachte plötzlich an ihren Vater. Sie wurde traurig und sagte: »Ich muss jetzt gehen. Es wird gleich dunkel.«

»Kannst du nicht noch ein bisschen bleiben«, bat Sarah, ohne zu betteln.

Margalit sammelte ihre Schulsachen ein. »Ich muß noch meine Hausaufgaben machen«, sagte sie.

Die Mädchen begleiteten Margalit bis zur Straße. Als sie an den Strommast kamen, sah Margalit zurück in Richtung des unbefestigten Wegs, der zu Sarahs Haus führte. Jetzt lag er völlig im Dunkeln. »Habt ihr keine Angst?«, fragte sie Sarah.

»Nein«, sagte Sarah. Sie packte ihre Schwestern bei den Armen, sagte »Tschüss« und ging.

Margalit blieb stehen und sah, wie die drei von der Dunkelheit verschlungen wurden. Keuchend rannte sie nach Hause.

Achtes Kapitel

Die Hündin Tuwit – Feinde und Freunde

Tuwit, die struppige Hündin, die Margalit mit nach Hause gebracht hatte, hatte eine große Feindin, die ihr bei jeder Gelegenheit einen unnatürlichen Tod wünschte. Diese Feindin war Madame Levy, die in der Nachbarschaft von Familie Chasan wohnte und deren Vorname kein unbedeutenderer als Madame Karkura war. Diese Madame Karkura Levy, eine etwa siebzigjährige Frau, war es, die der Hündin letztendlich die Katastrophe bescherte. Aber hier greife ich vor. Man erzählt besser alles der Reihe nach. Also, der prächtige, Furcht einflößende »Schäferhund« entpuppte sich als stammbaumlose Hündin mit dunklem, struppigem Fell. Vom ersten Moment an liebte Benjamin die Hündin. Er nannte sie Tuwit, weil sie ein gutes Herz hatte. Sie hatte etwas Besonderes an sich, das sie von allen übrigen Hunden unterschied. Sie gab sich nie mit Späßen ab wie dem Zerzausen eines Besens, dem Fressen von Schuhen und verschiedenen Grünpflanzen oder dem sinnlosen Schnappen nach ihrem eigenen Schwanz.

Die Hündin Tuwit war ein Muster an Ernst und Weisheit. Benjamin war stundenlang mit ihr unterwegs. Wenn die beiden von ihren Streifzügen zurückkehrten, keuchten sie und schwitzten und benahmen sich Margalits Meinung nach so, als teilten sie ein Geheimnis. Überhaupt hasste Margalit insgeheim die Hündin. Erstens, weil sie lieber bei Benjamin war als bei ihr, und zweitens, weil Tuwit sie unter ästhetischen Gesichtspunkten enttäuscht hatte. Wie Madame Rachelle sagte, erinnerte die Hündin in erster Linie an einen Putzlumpen. Und Madame Rachelle, die ein wenig kurzsichtig war, trat nicht umsonst hin und wieder fast auf sie. Eine Ungeschicklichkeit, die Benjamin erstarren ließ, weil er sich noch gut an die Geschichte mit der Ente erinnerte.

Eines Tages hatte sich eine kleine gelbliche Ente in den Hof der Familie Chasan verirrt. Keiner wusste, wem sie gehörte und woher sie kam, doch es schien ihr bei der Familie zu gefallen. Den ganzen Tag watschelte sie auf ihren dünnen Beinen herum und badete in der Pfütze unter dem Gartenschlauch. Benjamin band eine lange Schnur um ihren Fuß, die er an einem Baum festknotete. Die kleine Ente lebte trotzdem nur kurz bei ihnen, bis sie sich von der Schnur befreite, auf den Pfad lief und unter dem Übergewicht von Madame Rachelle ihr Leben aushauchte. Benjamin und seine Mutter Mirjam waren lange Zeit untröstlich.

Kehren wir also zurück zu der Hündin und ihrer Stellung im Viertel. Weil alle vor Benjamin Respekt hatten, brachten sie den auch seiner ständigen Begleiterin Tuwit entgegen. Selbst die Kinder der Familie Atia hielten sich zurück und warfen keine Steine nach der Hündin, zogen sie nicht am Schwanz und spielten auch nicht Fallschirmspringerbataillon mit ihr. Das Fallschirmspringerbataillonsspiel war bei den Atias ansonsten sehr beliebt: Sie fingen sich ein paar Straßenkater, banden ihnen Fallschirme um, die sie aus ausrangierten Laken fabrizierten und warfen die jaulenden Katzen vom Dach des Truthahnstalls. Worte können den schrecklichen Lärm nicht beschreiben, der von dem Jaulen der Kater und dem Geschrei der Puten entstand.

Doch die größte Feindin der Hündin Tuwit war, wie bereits erwähnt, Madame Karkura Levy. Wer war sie? Also, wenn wir uns von Äußerlichkeiten täuschen lassen, erinnerte Madame Karkura sehr stark an Madame Rachelle. Beide waren sie alte Damen von großem Umfang, die gern aßen und liebend gern über Essen sprachen. Beide wohnten allein und steckten ihr Haar in einem Dutt zusammen. Madame Karkura behauptete, aus der gleichen Stadt zu stammen wie Madame Rachelle. Aber Madame Rachelle leugnete das entschieden und versicherte, in ihrer Kleinstadt habe es keine Menschen wie Madame Karkura gegeben und schon gar nicht welche mit so einem Namen. Madame Karkura Levy war im Gegensatz zu Madame Rachelle eine verbitterte, nörgelnde Person, die Hunde und Kinder gleichermaßen hasste. Sie behauptete immer, das Schicksal habe es nicht gut mit ihr gemeint. Madame Rachelle sagte dazu, wenn das Schicksal härter zu ihr gewesen wäre, wäre ihr das sicher besser bekommen. Madame Karkura war nicht religiös, aber sie machte den Nachbarn das Leben schwer, die am Schabbat verbotenerweise das Licht anknipsten oder diverse Dinge erledigten. Nichts konnte sie zufrieden stellen und das Leben hielt sie für ein Jammertal.

Die neue Bewohnerin in der Wohnung der Chasans, die Hündin Tuwit, war ihr sofort ein Dorn im Auge. Hätten Blicke töten können, hätte die Hündin Tuwit wohl unverzüglich ihr Leben gelassen. Frühmorgens kehrte Madame Karkura ihre Terrasse und behauptete, dort auf Flöhe und Zecken zu stoßen, die sie »Garrapatas« nannte. Madame Karkura beherrschte bestenfalls drei hebräische Worte und »Garrapatas« heißt auf Ladino »Zecken«. Also, Madame Karkura schwang ihren Besen und schrie mit ihrer schrillen Stimme: »Garrapatas! Garrapatas!« Das Schwingen des Besens und die spitzen Schreie hatten einen erstaunlichen Effekt auf die gutmütige Hündin: Sie fing auf der Stelle an zu bellen, kreiste um Madame Karkura und grub energisch Tunnel unter dem Rosenbusch hindurch in ihren Garten.

Ohne Frage gehört es sich nicht, alte Menschen auszulachen, auch nicht, wenn sie Madame Karkura heißen, aber diese Szene war furchtbar witzig. Insbesondere, weil die Kinder sich dem Geschrei und dem Bellen anschlossen und hinter dem Zaun ebenfalls »Garrapatas, Garrapatas« grölten. Die Kinder unterschätzten den Hass von Karkura Levy, bis sie eines Tages etwas tat, was dazu führte, dass die Hündin Tuwit nicht mehr zurückkehren sollte.

Neuntes Kapitel

Elias, der Prophet,
stattet Karkura Levy einen Besuch ab
oder der Sprung vom Turm

In der Nähe des Kiesplatzes, auf dem bekanntlich nicht
weniger als acht Synagogen und ein Guajavabaum standen, gab es einen Hügel, von dem der Wasserturm in die
Höhe ragte. Rechts davon stand die Baracke der Stadtver-
waltung. Eigentlich gehörte nur die Hälfte der Baracke der
Stadt, die zweite Hälfte war Eigentum von Frau Karkura
Levy. Viele juristische Kämpfe hatte die Verwaltung schon
gegen Frau Karkura Levy geführt. Die Stadt wollte ihren
Anteil an der Baracke erwerben, was die alte Dame jedoch
entschieden verweigerte. Was hatte die örtliche Prominenz
Karkura Levy nicht alles angeboten: eine hohe finanzielle
Entschädigung, eine Dreizimmerwohnung in den neuen
Siedlungen und verschiedene Vorteile bei der Bezahlung
von Steuern und Wasser sowie den Titel »Ehrenbürgerin
des Ortes«. Karkura Levy weigerte sich jedoch beharrlich.
Sie glaubte, ihre Nähe zu den Synagogen garantiere ihr
auch eine größere Nähe zum Allmächtigen, und gegen
ein solches Argument konnte die Stadtverwaltung nichts
ausrichten. Und in der Tat, wie um diesen Glauben zu fes-
tigen, stattete Elias, der Prophet, ihrer Wohnung einen Besuch ab.

Sie stand gerade in der Küche, wie sie es um die Mittags-
zeit immer tat, und hing an ihrem Fenster eine neue Gardine auf, damit die Kinder auf dem Schulweg nicht in ihre
Wohnung sehen konnten. Karkura Levy war eine einsame
Frau, die Selbstgespräche führte. Während sie die neue

Gardine am Fensterrahmen festmachte, so erzählte sie später, sagte sie sich: Karkura Levy, wie wirst du einmal enden? Wirst du bis zum Ende aller Tage dein Leben so allein verbringen? Da spürte sie, und hier legte Karkura Levy ihre Hand auf ihren Nacken, da spürte sie eine Art Luftzug, nicht warm und nicht kalt. Sie drehte den Kopf, ohne etwas zu sehen. Plötzlich hörte sie eine Stimme. Die Stimme sagte: »Karkura ben Towim.« Am Anfang dachte sie, es sei niemand anderes als der Geist ihres verstorbenen Ehemannes, der sie bei ihrem Mädchennamen rief. Sofort setzte sie sich auf den Schemel und wartete. Inzwischen legte sie die Hand auf ihr Herz und sagte: »Patrón del mondo!«, was auf Ladino Herr der Welt bedeutet. Und dann, so erzählte sie, sagte die Stimme wieder »Karkura ben Towim« und »Keine Sorge, Chasans Sohn wird nichts geschehen.« »Es war der Prophet Elias«, behauptete Karkura Levy.

Aber all das passierte später, nachdem die Sache gut ausgegangen war. Was war geschehen? Also zuerst war Benjamin von Herrn Dagani, dem Biologie- und Sprachlehrer, vor die Tür gesetzt worden.

Herr Dagani war ein Mensch mit schwachen Nerven, und jede unberechenbare Aktion seiner Schüler hatte eine schlimme Wirkung auf ihn. Häufig beendete Herr Dagani seinen Unterricht, während nur noch zwei oder drei Schüler in der Klasse saßen.

Also, Benjamin war zu seiner Freude aus dem Klassenzimmer geflogen und ging leichtfüßig zu dem Betonzaun bei den Wasserhähnen, wo schon drei Jungen saßen und heftig miteinander stritten. Die drei waren: Nissim Kastariano, Mosche Nekupe, und dessen Cousin, ein hoch aufgeschossener Junge von etwa fünfzehn mit Namen Sami. Dieser Sami war nach Madame Rachelles Worten »ein Malheur«. Überall wo er auftauchte, kam es zu einem Skandal. Er versuchte gerade, die Jungen zu überreden, an dem Spielautomaten zu spielen, der im Kiosk von Mosche, dem Liliputaner, hing. Im Grunde musste Mosche Nekupe Nissim Kastariano nicht lange überreden, denn Nissim zögerte nur noch ein wenig. Das war die Sachlage, als Benjamin eintraf. Er wusch sich bei den Wasserhähnen das Gesicht und setzte sich zu den dreien.

»Was meinst du, Benjamin?«, fragte Nissim ihn. Wäre Benjamin einverstanden, würde Nissim ihnen ohne zu zögern folgen. Benjamin sah Sami an. Er kannte ihn und mochte ihn nicht besonders.

»Ist das euer Boss?«, fragte Sami spöttisch. Er sah Benjamin provozierend an.

Benjamin riss eine Wucherblume ab und zupfte ihr langsam die Blätter aus. »Hör mal, Sami«, sagte er leise, »warum gehen wir uns nicht aus dem Weg? Du kümmerst dich um deine Angelegenheiten und ich mich um meine.«

»Was hast du vor?«, fragte Nissim.

»Was er vorhat?«, sagte Sami. »Ich werde dir sagen, was er vorhat, Weiberspielereien.«

Nissim sagte: »Benjamin kann vom Wasserturm springen.«

Die vier richteten den Blick sofort auf den Wasserturmhügel.

»Wie hoch ist er?«, fragte Sami.

»Zehn, zwölf Meter«, sagte Nissim.

Sami sah erwartungsvoll zum Turm. »Na, wie ist es?«, sagte er.

»Lasst uns gehen«, sagte Benjamin kurz.

Sofort lief Nissim in den Flur, der zu den Klassenräumen führte, öffnete die Türen und verkündete: »Benjamin wird vom Turm springen.«

Als die kleine Gruppe den Wasserturm erreichte, zog sie schon eine Schar fröhlicher Kinder hinter sich her. Jemand hatte die Schulleiterin informiert und sie erschien in Begleitung des Hausmeisters Efraim. In ihrer Hand hielt sie das Megafon für den Morgenappell. Alle versammelten sich am Fuß des Turms und warteten. Benjamin kletterte flink die schmale Leiter hoch, ohne nach unten zu sehen. Inzwischen versuchte der Hausmeister Efraim die Schüler zurück in die Klassenräume zu scheuchen. Er benutzte ein System, das sich nicht gerade durch feinen Geschmack auszeichnete: Der Hausmeister Efraim hatte einen schwarzweißen, dichten Bart mit zwei schwarzen Streifen an den Seiten und einem weißen Streifen in der Mitte. Unter diesem Bart, das heißt an seinem Hals, war die Haut vernarbt, schuppig und mit Pickeln übersät. Der Anblick des Halses ließ die Kinder erschaudern. Jedes Mal, wenn er die Kinder verscheuchen wollte, pflegte er den Bart zu heben und seinen schrecklichen Adamsapfel bloßzulegen. Und genau das tat er in diesem Augenblick, und die Schüler, vor allem die Jüngeren, rannten kreischend den Hügel hinab. Die Direktorin Frida Preski schenkte dem Geschehen keinerlei Aufmerksamkeit. Ihre Augen hingen wie angewurzelt an dem Jungen, der flink die Leiter hinaufkletterte, während sie sich die Stirn mit einem Taschentuch abtupfte.

Man muss dazu sagen, dass die Direktorin Benjamin mochte und bei seinen Streichen häufig ein Auge zudrückte. Aber nun, wie sie sich immer wieder sagte, nun hatte er jede Grenze überschritten. Sie sprach durch das Megafon in ihrer Hand: »Benjamin Chasan«, sagte sie, »Benjamin Chasan, du kommst jetzt sofort runter von dem Turm.«

In diesem Augenblick erreichte Benjamin die Spitze. Er richtete sich auf und zog sein Hemd aus. »Ich springe«, rief er laut, »hörst du mich, Sami? Ich springe jetzt.«

»Benramin Chasan«, sagte die Direktorin, die vor lauter Aufregung seinen Namen falsch aussprach, »das ist das Ende deiner schulischen Karriere!«

Es herrschte Stille. Margalit und Sarah, die zwischen den Schülern standen, hielten sich an den Händen. »Macht er öfter solche Sachen?«, fragte Sarah verwundert. Margalit nickte. Sie konnte den Blick nicht von der Turmspitze abwenden.

Genau in dem Moment, in dem Benjamins Körper durch die Luft segelte, musste Elias der Prophet Karkura Levy erschienen sein. Gefasst verließ sie ihre Wohnung, denn sie war sicher, dass kein Unglück geschehen würde.

Um den Jungen, der auf der Erde lag, standen die Krankenschwester aus der Krankenstation, der Bürgermeister, Herr Dubin, sein Stellvertreter Herr Haschai und natürlich die Schulleiterin.

»Nix passiert, nix passiert«, sagte Karkura Levy, »ihm ist nix passiert.«

Und tatsächlich stand Benjamin schon nach wenigen Minuten wieder auf den Beinen, klopfte sich den Sand von den Kleidern und zog seinen Gürtel stramm.

»Dies war dein letzter Schultag«, sagte die Direktorin Frida, deren Halsschlagader noch vor Anspannung und Aufregung zitterte. Sie sah Benjamin nicht an, denn ihre Worte und die Entscheidung, die damit verknüpft war, fielen ihr sehr schwer.

»In Ordnung«, sagte Benjamin und ging.

Die Direktorin Frida sah ihm nach. Wieder war sie verblüfft, wie sie nach dreißig Jahren gewissenhafter pädagogischer Arbeit nicht in der Lage war, zwischen der persönlichen Beziehung zu den Schülern und ihren beruflichen Überlegungen zu trennen.

Zehntes Kapitel

Das Kino »Rachel«

Winnetou II galoppierte in Richtung der roten Hügel. An seinem Rücken, der über den Hals des Pferdes gebeugt war, und an dem jungen Mädchen, auf das er gerade verzichtet hatte und das ihm mit den Augen folgte, war deutlich zu sehen, wie sehr er litt. Benjamin stützte sich mit den Ellbogen auf die Rückenlehne des Vordersitzes. Sein Kinn lag auf den Händen, damit er besser sehen konnte. Seine Augen waren zu zwei Schlitzen verengt, wie immer, wenn ihn etwas sehr bewegte. Im Hintergrund war Simas Stimme zu hören: »Es gibt auch noch Winnetou III. Meine Schwester hat den Film gesehen und sie hat gesagt, dass er sie am Ende immer verlässt.« Aus dem Augenwinkel sah Benjamin, wie Margalit aufstand und aus dem Saal ging. Sarah, die neben ihr gesessen hatte, stand ebenfalls auf, so als wollte sie hinter Margalit hergehen, aber dann zuckte sie die Achseln und setzte sich wieder. Neben Benjamin saß Nissim, der gleichzeitig drei verschiedenen Tätigkeiten nachging: Er sah sich den Film an, verfolgte mit dem Blick Benjamins Reaktionen und kramte in der Zellophantüte in seiner Hand, aus der er schwammige Marshmallows fischte, die er sich in den Mund stopfte. Das Kino »Rachel« war randvoll, wie immer in der Nachmittagsvorstellung am Montag.

Als Herr Dubin zum Bürgermeister gewählt wurde, plante er keine Neubauten, planierte keine Straßen und sanierte auch nicht den Fußballplatz, aber er baute das Kino »Rachel«, das nach seiner ältesten Tochter benannt war, der der Ruf einer langen Nase vorauseilte. Was Herrn

Dubin selbst anbelangt, so erinnerte sein Aussehen an ein kleines Schwein: Er hatte weite, bebende Nasenlöcher, die mindestens zwei Sonnenblumenstängel aufnehmen konnten, rote Wangen und zwei lange, enge Schlitze anstelle von Augen. Weil Herr Dubin sich unbeholfen ausdrückte und die Sätze zerstückelt und zermatscht aus seinem Mund kamen, diente ihm Herr Haschai, sein Stellvertreter, als Sprecher. Herr Haschai begann für gewöhnlich mit den Worten: »Wir sagen dazu ...« oder »wir meinen dazu ...« Die beiden waren einander so sehr verbunden, dass sie von den Bürgern längst als eine einzige Person betrachtet wurden. Herr Dubin war ein Kinofan, vor allem traurige Filme liebte er sehr: Wenn er einen rührseligen Film sah, putzte er sich ständig die breite Nase, die dann noch röter war. Madame Rachelle, die von Herrn Dubin sehr geschätzt wurde, behauptete, dass er trotz allem »etwas hatte«, und der Beweis für dieses »etwas« war das Kino »Rachel«.

Es war wirklich ein herrliches Kino mit roten Sitzen und wunderbaren Teppichen. Vor allem beeindruckten die breiten Stufen, die zum Eingang führten und die nach Margalits Meinung »richtig majestätisch« aussahen. Jeder Ortsbewohner hatte im Kino seinen festen Platz. So hatte Herr Griani, der etwa hundert Kilo auf die Waage brachte, beispielsweise einen allein stehenden Logenplatz. Angehörige und Freunde hatten in Reihe sechzehn eine Lehne zwischen zwei Sitzen herausgebrochen, damit Herr Griani bequem Platz nehmen konnte. Neben ihm versammelte sich gewöhnlich die Mädchenclique: Sima, ihre Schwestern Mirjam und Frida, Pirchija, Masal, Margalit und zuletzt auch Sarah und deren Schwestern. Sobald der Film begann und auf der Leinwand der brüllende Löwe erschien, machten sich die Mädchen zum Weinen bereit. Vor allem Margalit, die sogar an den witzigen Stellen seufzte und schniefte.

Über der Gestalt von Winnetou, seinem Pferd, den roten Hügeln und dem Mädchen erschien der gelbe Nachspann, und die Schlussmusik erklang. Alle standen auf und strömten Richtung Ausgang. Benjamin und Nissim gingen nebeneinander. Benjamin krempelte sich die Hemdsärmel runter und steckte die Hände in die Hosentaschen. Es war kühl geworden. Er fragte sich, wohin Margalit verschwunden war, aber der Gedanke war ihm lästig und er verscheuchte ihn, indem er sich sagte, dass sie sicher bei Madame Rachelle sei. Benjamin und Nissim nahmen die Abkürzung über das verlassene verwahrloste Fußballfeld, auf dem sich kleine Dreckhügel häuften, um die in Büscheln Unkraut wucherte. Die kleine Baracke, die einmal als Umkleidekabine für die Spieler gedient hatte, zog ihre Aufmerksamkeit an, und Nissim schlug vor, sie aufzubrechen.

»Vergiss es«, sagte Benjamin und trat gegen eine rostige Konservenbüchse. Eine Woche war vergangen, seit er von der Schule geflogen war. Die Tage zogen sich für ihn gewaltig in die Länge – sie waren lang und lästig. Er wusste von der Absicht seiner Mutter, ihn in ein Internat zu schicken, und er grübelte, ob vielleicht der Zeitpunkt gekommen war, seinen Plan endlich in die Tat umzusetzen.

»Morgen machen wir einen zweiten Versuch«, sagte er zu Nissim, »und wenn es klappt, werden wir am Freitag aufbrechen.«

»Am Freitag kommt meine Oma zu Besuch«, protestierte Nissim.

»Deine Oma!«, stieß Benjamin verächtlich aus. »Du musst dich entscheiden, was dir wichtiger ist, die Aktion oder deine Oma.«

Nissim sagte nichts. »Wo werden wir übernachten?«, wagte er sich schließlich vor.

»Wir werden schon einen Platz finden«, sagte Benjamin.

»Vielleicht am Strand. Dort übernachten viele Leute am

Lagerfeuer.« Die Typen, die am Strand schliefen, hatten es ihm angetan.»In Tel Aviv ist alles anders«, fuhr er fort,»jeder macht das, was ihm gefällt.«

Nissim steckte ebenfalls die Hände in die Taschen und sah in den Himmel:»Ja«, sagte er und holte tief Luft,»mein Vater hat es in der Zeitung gelesen.«

An der Kurve trennten sie sich und Nissim ging nach Hause. Benjamin sah von weitem Licht in der Wohnung von Madame Rachelle brennen. Daheim war es dunkel. Er pfiff leise und aus der Dunkelheit gesellte sich die Hündin Tuwit zu ihm.»Braver Hund«, sagte er und streichelte ihr Fell.»Braver Hund.« Durch das Glas in der Wohnungstür von Madame Rachelle sah er Margalit stehen und in die Dunkelheit schauen. Dann verschwand sie. Madame Rachelle kam vorbei und trug einen Stapel Bettwäsche zum Schrank.»Wie im Film«, dachte er und lächelte. Er setzte sich auf einen großen Stein und beobachtete das Haus. Er stellte sich vor, was Margalit und Madame Rachelle in diesem Moment machten, während er da draußen saß und sie beobachtete. Um ihn herum herrschte Stille, die hin und wieder vom Klappern der Teller und Bestecke unterbrochen wurde.»Überall braten sie jetzt Omeletts«, sagte er sich und sofort überfiel ihn Heißhunger. Er sah ein Omelett vor sich und einen Salat aus fein gehackten Tomaten, Zwiebeln und Paprikaschoten, aber ohne Gurke, so wie er es mochte. Im Grunde, dachte er, könnte er zu Madame Rachelle gehen und sie darum bitten, ihm ein Omelett und einen Salat zuzubereiten. Aber er zog die Einsamkeit und die Stille vor. Er stellte sich vor, er sei ein reisender Obdachloser. Gleich als ihm dieser Gedanke kam, fiel ihm auch der Zirkus ein, von dem Margalit aus irgendeinem Grund gesprochen hatte. Wie kam sie auf so etwas?, wunderte er sich. Atias Lebensmittelladen, die Konkurrenz von Klaras Laden, war noch geöffnet. Herr Atia stapelte Kisten vor der Tür. Benjamin ging in den Laden und kaufte ein halbes Brot, Käse und Oliven. Dann setzte er sich wieder auf den großen Stein, brach sich ein Stück Brot ab und belegte es mit Käse. In der anderen Hand hielt er die Oliven. Rambam-Straße, dachte er, wo ist diese Rambam-Straße? Wenn wir uns bloß nicht verlaufen. Wenn wir angekommen sind, fragen wir jemanden. Das wird das Beste sein. Er dachte wieder an Margalits beleidigtes Gesicht. »Alles nur Theater«, sagte er sich, aber etwas störte ihn an ihren Mundwinkeln, die sich auf das Kinn zubewegten. »Zirkusdirektor« fiel ihm ein, und er lachte. Das Lachen, das in der Stille hallte, erschreckte ihn und er beeilte sich, das Brot aufzuessen. Tuwit stellte die Ohren auf. »Was ist denn, du Dumme«, sagte er leise, »hier ist nichts.«

Elftes Kapitel

Madame Rachelle erzählt eine Geschichte

Sobald Margalit Madame Rachelles rot gestrichene Tür öffnete, wurde sie von einer Woge der Wärme empfangen. Madame Rachelle saß in ihrem Sessel und ihr verletztes Bein ruhte auf einem Schemel. Sie trug das Flanellkleid, das Celina, Margalits Tante, ihr aus Frankreich mitgebracht hatte. Die Vorderseite des Kleides war mit zwei Vögeln bestickt und mit dem französischen Wort BONJOUR, was »Guten Tag« bedeutet.

Margalit, die von dem schnellen Nachhauseweg vom Kino erschöpft war, legte sich auf das breite, unbezogene Bett. Sie bemerkte zwei leere Kaffeetassen auf dem Tischchen. »Wer war denn hier?«, fragte sie.

»Madame Karkura Levy«, seufzte Madame Rachelle. »Sie kam, um mir höflicherweise einen Krankenbesuch abzustatten. Es gibt Menschen«, fuhr sie fort, »bei denen es einem lieb wäre, wenn sie einem Bescheid sagen, bevor sie kommen; man könnte sich dann ein, zwei Tage schonen, bevor man sie empfängt.« Sie schwieg für einen Moment, dann fragte sie: »Was gibt es? Warst du nicht im Kino?«

Margalit zuckte die Achseln. »Ich habe die Nase voll von diesen Filmen«, sagte sie, »ich geh nicht mehr ins Kino. Es ist reine Zeitverschwendung.«

»Heute haben sie Winnetou II gezeigt«, sagte Madame Rachelle, »was ist diesmal passiert?«

»Er hat sie verlassen«, antwortete Margalit knapp.

Madame Rachelle beugte sich über das Tischchen und stellte das Radio an. Die Siebenuhrnachrichten auf Ladino.

Sie hörte ein paar Minuten lang zu und sagte:»Die Lage ist unverändert verzwickt. Wo ist dein Bruder?«, fragte sie im gleichen Atemzug.

»Ich weiß es nicht und es interessiert mich auch nicht«, sagte Margalit, stand auf und ging im Zimmer auf und ab. »Er ist mit seinem Blödsinn beschäftigt.«

Madame Rachelle steckte eine Zigarette in ihre schwarze Zigarettenspitze und zündete sie an:»Du bist es, die sich die Zeit mit Blödsinn vertreibt, er nicht.« Sie blies den Rauch aus und sah Margalit über ihre Brille an.

»Er will einen Zirkus gründen«, sagte Margalit.

»Einen Zirkus?«, wiederholte Madame Rachelle wie ein Echo.

»In Tel Aviv«, sagte Margalit.

»In Tel Aviv«, wiederholte Madame Rachelle. Sie dachte einen Moment nach:»Das sind nicht die Dinge, die zählen«, sagte sie schließlich.

Margalit stand vor der Glastür und drückte die Nase gegen die Scheibe: In der Dunkelheit draußen sah sie große, schwere Schatten: das Haus, die Zypressen, der ferne Wasserturm auf dem Hügel.

»Ich soll Zirkusdirektor werden, die Nummern ankündigen und Geld kassieren. Und Sarah Antabi soll die Hauptakrobatin werden«, sagte sie.

»Antabi«, sagte Madame Rachelle,»Antabi ist eine sehr gute Familie. Dein Großvater hat sie im Libanon gekannt. Aber die Libanesen sind unangenehme Zeitgenossen, sie haben schwarze Herzen. Und sie sind hinter dem Geld her.«

Margalit schwieg für einen Moment.»Vielleicht ist er in sie verknallt«, sagte sie,»und darum will er, dass sie die Hauptakrobatin ist.«

»Dein Großvater«, sagte Madame Rachelle,»sogar dein Großvater, der nie ein böses Wort über jemanden verlor, behauptete, die Libanesen liebten das Geld mehr als sich selbst. So ist das«, seufzte sie, »in einen geschlossenen Mund verirrt sich keine Fliege.« Sie stand schwerfällig auf und zog das Bein mit dem verbundenen Knöchel auf dem Weg in die Küche nach.

»Und was wird aus mir?«, war Margalits Stimme zu hören. »Was soll ich machen, wenn sie die Hauptakrobatin ist und ich nur die Kassiererin?«

»Was du machen sollst?«, sagte Madame Rachelle aus der Küche. »Gar nichts. Was willst du da machen? Heute will Benjamin die Libanesin, morgen dich, so ist das eben. Man kann es nicht erzwingen. Nichts kann man erzwingen.«

»Ich kann genauso Akrobat sein«, antwortete Margalit. Sie war den Tränen nah. »Ich werde trainieren und trainieren und am Ende wird es ihm noch Leid tun.«

»Von wem redest du?«, fragte Madame Rachelle.

»Von Benjamin«, sagte Margalit ungehalten. »Wir sprechen die ganze Zeit von ihm.«

Madame Rachelle kehrte zurück zu ihrem Sessel, in den Händen ein Geschirrhandtuch und einen Teller. Sie breitete das Handtuch über ihre Knie und stellte einen Teller Suppe darauf. »Köstlich«, sagte sie, nachdem sie die heiße Suppe mit geschlossenen Augen probiert hatte. »Ich kann spüren, wie sie sich bis in meine Zehenspitzen ausbreitet. Willst du auch ein wenig?«

Margalit schüttelte den Kopf. »Was ist es für eine Suppe?«

»Gemüsesuppe mit Reis und einem halben Huhn.«

»Mit einem weißen Hühnchen?«, fragte Margalit angewidert.

»Auch ich«, sagte Madame Rachelle, die ihre Suppe schlürfte, »auch ich war in deinem Alter sehr stolz. Ich hielt mich für was Besonderes. Mein Vater, der mich sehr liebte, schickte mich auf die beste Schule, die es damals gab. Zu den Nonnen. Einmal fuhren wir zu den Pyramiden. Die ganze Klasse und die Nonnen. Wir waren nur Mädchen. Es war nicht wie bei euch, so kunterbunt.«

»Und dann?«, fragte Margalit und setzte sich aufs Bett. Sie kannte die Geschichte.

»Wir sind auf Kamelen geritten, alle Mädchen. Und ich hatte blondes Haar, das bis zum Boden reichte. Ich trug einen blauweißen Matrosenanzug, und das Haar ging mir bis hierhin«, Madame Rachelle ließ die Hand über die Schulter gleiten, »es fiel bis auf die Erde.«

»In den Sand?«, wunderte sich Margalit, »hing es bis in den Wüstensand?«

»Jawohl«, antwortete Madame Rachelle bestimmt. »Da kam eine Gruppe amerikanischer Touristen vorbei. Kaum haben die mich gesehen, hielten sie an und sahen mir zu.«

»Was haben sie gemacht?«, fragte Margalit neugierig.

Madame Rachelle kippte den Teller und löffelte den Rest der Suppe. »Sie standen da und machten Fotos von mir. Alle.«

»Und die anderen Mädchen, haben sie die auch aufgenommen?«, fragte Margalit.

»Nur mich«, sagte Madame Rachelle und schnalzte mit der Zunge, »das braune Kamel und mein gelbes Haar, ein herrlicher Anblick! Das waren die Worte des Reiseführers. Aber dann wurde das Kamel durch die Fotoapparate und das Englisch unruhig. Es war ein junges, undressiertes Kamel.«

»Und dann?«, fragte Margalit gespannt.

»Nichts. Es sprintete los. Es sauste vorwärts und ich verlor einen Schuh. Es rannte weiter, ich verlor den zweiten. Immer schneller flitzte es. Ich rutschte zurück, ohne Schuhe, und alle Nonnen und Mädchen kreischten auf. Größer noch als meine Angst, dass ich meinen Vater vielleicht nie mehr wieder sehen würde, war meine Scham, dass mich alle in diesem Zustand sehen konnten. Und dann fiel mir der Rat ein, den ein alter Beduine einmal mei-

nem Vater gegeben hatte: ›Wenn ein Kamel durchdreht, muss man es kraulen. Nur so beruhigt es sich.‹ Unter großen Schwierigkeiten erreichte ich mit dem großen Zeh den Bauch des Kamels und kraulte es.«
»Und, ist es stehen geblieben?«, fragte Margalit beeindruckt.
»Das Kamel hat im allgemeinen Humor. Es ist ein dummes Tier, aber es lacht gerne. Sobald ich es mit den Zehen kitzelte, blieb es stehen.«
»Und du bist abgestiegen?«, fragte Margalit.
»Mit einem Satz«, sagte Madame Rachelle. »Ich habe mich vor den Touristen verbeugt. Sie sollten denken, ich hätte eine Vorstellung gegeben.« Madame Rachelle tupfte sich sorgfältig den Mund ab. »Was meinst du?«, schlug sie vor, »spielen wir ein wenig Theater?«

Margalit ging lustlos zu Madame Rachelles Kleiderschrank und holte ein lila Kleid und eine lange Perlenkette heraus. Nachdem sie sich umgezogen und ihr Gesicht gepudert hatte, stieg sie auf das Bett. Madame Rachelle schob den Sessel vor das Bett und war das Publikum.

»Und jetzt«, sagte Margalit hochtrabend, »werde ich das berühmte Lied ›Tombe la neige‹, was so viel wie ›Es fällt der Schnee!‹ bedeutet, singen.« Sie hielt den Flaschenhals, der ihr als Mikrofon diente und begann zu singen. Am Ende klatschte Madame Rachelle höflich in die Hände. Dann sang Margalit noch zwei traurige Lieder aus der Jugendzeit von Madame Rachelle. Prompt klopfte Herr Bahor, der Nachbar, gegen die gemeinsame Wand. Herr Bahor musste früh zur Arbeit und die Vorstellung störte seinen Schlaf. Das Klopfen von Herrn Bahor war das Zeichen, dass die Darbietung zu Ende war. Margalit verbeugte sich und kehrte erregt zurück an ihren Platz. Der Auftritt hatte ihre Laune deutlich verbessert: »Mir ist es Wurscht, dass Benjamin Sarah bevorzugt. Es wird ihm noch Leid tun«, sagte sie. Madame Rachelle zog die Mundwinkel bis zu ihren weißen Augenbrauen hoch und nickte zustimmend. Dann verbanden die beiden Madame Rachelles verletzten Knöchel und hievten das Bein zu zweit auf den Schemel, weil es sehr schwer war.

Zwölftes Kapitel

Ein Brief von Margalit an Netanya

Liebe Netanya,
am Anfang meines Briefes werde ich mich nach deinem Wohlergehen erkundigen, wie geht's? Und wie geht es deinen Brüdern, deinem Vater und deiner Mutter? Ich hoffe, ihr seid alle wohlauf und körperlich und geistig auf der Höhe. Ich erhielt deinen Brief, und es tat mir Leid, von deiner Gelbsucht zu lesen und davon, dass es bei euch auf dem Land so langweilig zugeht. Aber, wie Madame Rachelle zu sagen pflegt, was kann man schon vom Landleben in Galiläa erwarten? Ich werde dir sofort erzählen, was bei mir passiert ist, denn es ist viel geschehen, seit du hier warst. Erstens habe ich eine neue Freundin, es handelt sich um Sarah Antabi. Das Mädchen, das wir bei der Beerdigung der Schlange gesehen haben. Zweitens ist Benjamin von der Schule geflogen. Scheinbar ist nichts mehr zu machen, denn die Leiterin war nicht einmal bereit, mit meiner Mutter zu sprechen, und drittens, Madame Rachelle hat sich den Knöchel verstaucht. Wie du siehst, habe ich die Nachrichten von gut nach schlecht sortiert.

Zunächst werde ich dir von Sarah Antabi berichten: Wir haben uns beide gleich am ersten Schultag angefreundet und verstanden uns sofort ohne viele Worte. Sie liebt und verabscheut die gleichen Dinge wie ich. Sie ist natürlich schlanker als ich, und darum ist sie besser im Turnunterricht, aber in allen anderen Fächern sind wir gleich. Sie wohnt in einem merkwürdigen Haus, das seltsam ist, weil es nicht wie ein Haus aussieht, sondern eher wie ein Lager. Man erzählt sich bei uns, dass ihre Mutter (ich will es nicht

hinschreiben, aber du weißt, was ich meine. Das Wort »verrufen« habe ich aus dem Wörterbuch) verrufen ist und ihr
Vater ein Spieler. Aber sie selbst hat nichts erzählt und
darum habe ich auch nicht gefragt. Meiner Meinung nach
ist ihre Mutter sehr schön und zieht sich toll an. Sie hat daheim fast zwanzig Lackschuhe mit hohen Absätzen, und
Sarah erlaubt mir manchmal, sie zu probieren. Sie selbst
interessiert sich nicht dafür und läuft lieber in Turnschu-
hen herum. Ihre Schwestern sind süß, und wir kümmern
uns beide um sie. Orna ist die ältere und, meiner Meinung
nach, die hübschere, und Illana ist fünf. Mutter mag Sarah
sehr und sagt, dass sie Selbstachtung hat, und dass es
schön wäre, wenn ich auch etwas davon hätte. Mutter sagt,
dass Sarah es nicht mag, wenn man sie bemitleidet, und
dass das eine gute Eigenschaft ist. Auch Benjamin mag sie,
und wenn du mich fragst, ist er in sie verknallt. Ich glaube,
sie ist haargenau sein Typ. Sie sagt nicht viel und ist zart,
und das gefällt ihm.

Aber was ich dir noch sagen wollte: Obwohl Sarah meine
beste Freundin ist, wird sie nie deinen Platz in meinem
Herzen besetzen. Außerdem gibt es zwischen uns beiden
echte Bluts- und dazu noch eine Seelenverwandtschaft. Ich
habe in dem neuen Buch, das ich aus der Bibliothek geholt
habe, darüber gelesen, man nennt es »Zwillingsseelen«.
Verjage also ruhig das Misstrauen aus deinem Herzen.

Wie ich dir am Anfang erzählt habe, haben sie Benjamin
von der Schule gefeuert, weil er vom Wasserturm gesprun-
gen ist. Zwar wusste Frau Levy im voraus, dass ihm nichts
passieren würde, weil Elias, der Prophet, es ihr eingege-
ben hat. Aber Mutter wäre beinahe in Ohnmacht gefallen,
als sie davon hörte. Sie wurde kreidebleich und nahm
sofort ein Beruhigungsmittel. Ich habe meine Zweifel an
der Geschichte von Elias, dem Propheten, aber Mordechai
Haschai, der Stellvertreter des Bürgermeisters, sagte, er
hätte mit eigenen Augen etwas Sonderbares in ihrem Haus

bemerkt. Er sah einen goldenen Kreis an der Wand, und obwohl er nicht an diese Dinge glaubt, hatte Karkura Levy vielleicht doch Recht. Madame Rachelle hat mir erzählt, dass sie selbst schon fünfmal den Propheten Elias gesehen hat, davon dreimal im Traum, und zweimal in echt. Das letzte Mal besuchte er sie, bevor ihr Mann starb. Damals hat er ihr gesagt, er sei hungrig. Sofort hat sie Brötchen für die Nachbarn gebacken, denn das war damals die Sitte. Madame Rachelle glaubt natürlich nicht an diese Dinge, aber sie meint, man könne nie wissen.

Inzwischen sitzt Benjamin daheim und ist mit seinen Plänen beschäftigt, von denen ich dir schon erzählt habe. Aber vor drei Tagen, als wir im Kino »Rachel« waren, konnte ich mich nicht zurückhalten und habe ihm erzählt, dass ich weiß, dass er einen Zirkus gründen will. Am Anfang hat er es geleugnet, aber dann hat er aufgegeben und hat gesagt, er hätte schon eine Rolle für mich in seinem Zirkus. Ich habe gefragt, was für eine Rolle das ist, und er sagte: Du wirst der Zirkusdirektor, der die Nummern ankündigt und das Eintrittsgeld kassiert. Das passt zu jemandem, der viel und schön reden kann. Ich war bis in die Tiefen meiner Seele gekränkt. Ich hätte losheulen können, aber ich schwieg. Als ich ihn später daheim traf, sagte ich ihm, in meinem Innern verspüre ich keinen Zorn gegen dich. Meiner Meinung nach war das ein Zeichen von Selbstachtung, aber Benjamin lachte bloß und sagte: Ich weiß, dass es dich ärgert, aber das passt wirklich zu dir. Was soll ich dir sagen, und was kann ich erzählen, meine liebe Netanya: Ich brannte vor Wut und schwor, meine Beziehungen zu diesem Benjamin für alle Ewigkeiten abzubrechen, obwohl er mein Bruder und mein Fleisch und Blut ist. Ich habe Mama davon erzählt, aber sie ließ sich nicht beeindrucken. Sie sagte, sie sei sehr besorgt, was Benjamin nun machen würde, wo er von der Schule verwiesen war, denn man konnte ihn nicht mitten im Schuljahr in einer anderen Schule anmelden. Meiner Meinung nach wird er verwildern und am Ende wird er ein Verbrecher, denn das liegt in seiner Natur.

Ich habe noch eine erfreuliche Nachricht: Vor einer Woche besuchte Herr Dubin, der Bürgermeister, uns in der Schule, und ich hielt eine selbst verfasste Rede. Herr Dubin küsste mich, schüttelte mir die Hand und sagte vor versammelter Mannschaft: »Wenn sie erwachsen ist, wird sie Regierungschefin.« Meiner Meinung nach ist Herr Dubin ein toller Mensch, obwohl alle sagen, dass er sich an den öffentlichen Geldern vergreift und damit sich und seiner Familie Häuser kauft. Die Menschen sind gemein und neidisch. Und noch eine Sache werde ich hinzufügen, nachdem ich deinen Brief gelesen habe: Meiner Meinung nach hast du Recht, wenn du sagst, dass die inneren Werte wichtiger sind als Schönheit. Trotzdem hoffe ich, dass deine Mutter erlauben wird, dir in einem Jahr das Haar glätten zu lassen.
Deine dich liebende und dir ewig treue Cousine
Margalit

P.S. Ich habe vergessen, dir von Madame Rachelles Knöchel zu erzählen: Es geschah eines Nachts, als sie aufs Klo musste. Der Strom war ausgefallen, und sie stolperte über den Teppich und stieß gegen das Tischchen. Als sie aufzustehen versuchte, ging es nicht, denn sie hatte sich den Knöchel verstaucht. Sie lag auf dem Teppich, bis Mutter morgens kam und sie in dieser misslichen Lage fand. Madame Rachelle behauptet, dass Masal, die ihr die Füße pedikürt, ihr einen bösen Blick zugeworfen hätte, denn erst zwei Tage zuvor hatte sie ihr gesagt, sie habe für ihr Alter schöne Beine. Madame Rachelle sagt, die Familie von Masal und Masal selbst sei so neidisch, dass sie sogar die Blusen beneiden, die sie tragen. Ich verstehe das zwar nicht ganz, aber das macht nichts.
Deine Margalit

Dreizehntes Kapitel

Aneinander montierte Räder

Es war tatsächlich ein sehr merkwürdiges Gebilde. Das sagten wenigstens Madame Rachelle und Mirjam, die zusammengesessen hatten, um ihren Nachmittagskaffee zu trinken, als sie einen fürchterlichen Lärm hörten. Als ob jemand nacheinander mehrere rostige Fässer die Straße hinunterrollen würde.

Benjamins »Geheimplan«, oder zumindest ein Teil davon, stand komplett auf der Straße, in kräftigem Rot, Grün und Gelb gestrichen. Es waren vier Fahrräder, die aus verschiedenen Einzelteilen zusammengesetzt und miteinander verbunden waren. Das Ende dieser Fahrradkolonne bildete ein großes Dreirad, das wie ein seltsamer Schwanz aussah. Kinder und Erwachsene umringten das Gefährt, und Margalit, die plötzlich kombinierte, sagte immer wieder: »Ich habe es gewusst!«

Die Jungen bereiteten sich auf die Probefahrt vor: Benjamin, der eine Schirmmütze aufgesetzt hatte, kletterte auf das erste Fahrrad, Nissim auf das zweite, und weil sie keine Wahl hatten, hatten sie den trägen Me'ir überredet, den dritten Platz einzunehmen. Das Dreirad blieb verwaist. »Ich werde es versuchen«, sagte Sarah. Es entstand eine kleine Diskussion zwischen Benjamin und Nissim, ob Mädchen mitmachen durften oder nicht, und schließlich wurde beschlossen, dass es ausnahmsweise erlaubt war.

Benjamin machte ein Zeichen und das Gefährt setzte sich, von einer Gruppe Kindern begleitet, in Bewegung. Es war eine Prozession, die sich in ihrem Ausmaß nur mit der Beerdigung der Schlange vergleichen ließ. Benjamin war glücklich darüber, dass es ihm gelungen war, seine große Vorliebe für Umzüge schon das dritte Mal erfüllt zu sehen. Jedenfalls musste keiner rennen, denn das Gefährt war erstaunlich langsam. Bei seiner Inbetriebnahme war das schwerwiegende Problem der Koordinierung der Pedaldrehungen aufgetaucht. Benjamins Anweisungen, die schreiend erfolgten, riefen die Hündin Tuwit und den Nachbarhund Hoschech auf den Plan: Sie umkreisten die Fahrräder mit lautem Gekläff. Als die Kolonne eine Kurve erreichte, stellte sich heraus, dass das Gefährt für Kurven untauglich war, eine Tatsache, die seine Möglichkeiten sehr einschränkte. Eine Weile versuchte Benjamin, den Fahrern Ratschläge zu geben und probierte persönlich jedes Rad aus. Vergeblich. Das Gebilde stand auf seinem Platz, schwer und beeindruckend, aber leider völlig unbeweglich.

»Ihr werdet nur Straßen ohne Kurven befahren können«, bemerkte Margalit spitz, aber die verkniffenen Lippen Benjamins hinderten sie daran, noch etwas zu sagen.

Nach zwei Stunden vergeblicher Versuche schoben Nissim und Benjamin die zusammengeschraubten Räder nach Hause. Die Probefahrt hatte mit einer entschiedenen Niederlage geendet. »Er nimmt es nicht auf die leichte Schulter«, sagte Madame Rachelle später, als die Mädchen in ihrem Zimmer saßen und mit kandierten Orangen von ihr bewirtet wurden. »Sein zweiter Vater. Zuerst großes Tamtam und dann die Enttäuschung.« Die Mädchen schwiegen. Sarah – weil sie an Schweigen gewöhnt war, und Margalit – weil sie an Benjamin dachte, wie er den Kopf zwischen seine Schultern gezogen hatte, während er das Rad schob. Ihr Herz fühlte mit Benjamin. »Nichts von dem, was er sich vornimmt, klappt«, sagte sie schließlich mit einer Stimme, die Madame Rachelle und Sarah dazu veranlasste, sie anzusehen: Sie hatte so ruhig und traurig geklungen, wie es untypisch für Margalit war.

Kurze Zeit später kamen Benjamin und Mirjam herein. Benjamin fiel auf Madame Rachelles Sessel und streckte die Beine aus. »Morgen«, sagte Mirjam ruhig, »morgen werden wir beide zum Kibbuz Giv'at ha-Shlosha fahren. Ich möchte, dass du dir das Internat ansiehst. Es ist hübsch dort.«

»Ich will mitkommen«, sagte Margalit. Sie schwiegen.

»Und nun«, sagte Madame Rachelle energisch, »gehen wir alle ins Café ›Milano‹ und essen ein Eis. Ich lade euch ein.«

Benjamin stand auf. »Ich muss noch einen Platz für das Fahrrad suchen«, sagte er und ging.

Auf dem Bürgersteig saßen Nissim, Mosche und Gabriel.

»Es ist danebengegangen«, sagte Nissim und hob die Augen zu Benjamin. »So kommen wir im Leben nicht nach Tel Aviv.«

Benjamin setzte sich neben ihn auf die Bordsteinkante. »Ich bin sicher, dass wir nur üben müssen. Es ist eine Sache der Übung«, sagte er, doch seine Worte überzeugten niemanden.

Sima setzte sich auf das Dreirad. »Es sitzt sich nicht schlecht darauf«, sagte sie und lachte.

»Wo stellen wir es jetzt hin?«, fragte Nissim. Benjamin zuckte die Achseln. »Wir haben die Teile ganz umsonst aus dem Schwimmbad geschmuggelt«, fuhr Nissim fort, »es ist nichts dabei herausgekommen.«

Benjamin versuchte mit dem langen Grashalm in seiner Hand, den Zug einer Ameisenkolonne zu stören, die sich an seinem Fuß vorbeischlängelte. Die Briefe, die Pläne, die Zeichnungen, alles sah er vor sich und alles kam ihm fade und abscheulich vor. Er zeichnete feine, gerade Linien in den Sand.

Vierzehntes Kapitel

Die Zeugin

Ich sollte nun zur Jungfernfahrt der zusammengeschraubten Räder zurückkommen und zu den Ereignissen am Rande. Um die Wahrheit zu sagen, es wäre noch besser, in eine weiter zurückliegende Zeit zurückzugehen: Die Beerdigung der Schlange und der Leichenzug der Kinder. Dort trafen wir Sima zum ersten Mal. Sie ging an Margalits und Netanyas Seite, und ihren scharfen Augen entging nicht die geringste Einzelheit. Da ist sie wieder, diese Sima: Sie begleitet die Kinder mit dem gleichen, furchtbar unzufriedenen Gesichtsausdruck, der mit einer leichten, zurückhaltenden Schadenfreude vermischt ist. »Sima erinnert mich an Hochzeitsgäste, die sich den Bauch voll schlagen und sich gleichzeitig über das Essen beklagen«, sagt Madame Rachelle.

Auf jeden Fall, in dem Tumult, der bei der Probefahrt entstand, legte sich Simas Interesse für Nissims und Benjamins Versuche rasch. Ihre Augen wanderten nach den Seiten und bemerkten zwei fremde Jugendliche, die sich wie Sima nach allen Seiten umschauten. Die beiden, die einander auf erstaunliche Weise ähnelten, tauschten hin und wieder ein paar Blicke. Als der Begleitzug der Kinder die Kurve erreichte, die das Schicksal des Gefährts besiegeln sollte, verschwanden die beiden Jungen aus Simas Blickfeld. Sie bahnte sich geschickt einen Weg durch die Zuschauer, und als sie den Anfang der Prozession erreicht hatte, sah sie, wie die beiden Typen sich davonschlichen und die Hündin Tuwit an einem Seil hinter sich herzogen. Sima holte tief Luft. Dann musterte sie prüfend Benjamin und Margalit, doch die hatten nichts bemerkt.

Als die Probefahrt zu Ende war, suchte Sima auf schnellstem Wege Margalit. »Wo ist Tuwit?«, fragte sie wie beiläufig. Margalit zuckte mit den Achseln. Tuwit und Sima interessierten sie in diesem Moment am wenigsten. Auch Sarah sah Sima ungeduldig an und wartete darauf, dass sie sagte, was sie sagen wollte, und endlich ging. Doch da war eine Person, die in ihrer Nähe stand. Als sie Simas Frage hörte, wurde sie blass. Es war Madame Karkura Levy.

Sima und Madame Karkura Levy hatten nichts miteinander zu tun und sie hatten auch keinen gemeinsamen Plan ausgeheckt. »Das Schicksal hat sie zusammengeführt, weil sie ein- und denselben Charakter haben«, behauptete Madame Rachelle später, und sie hatte wie fast immer Recht.

Sima kehrte zurück nach Hause. Sie lag in der Hängematte zwischen ihrem Guajavabaum und einer Zypresse, wo sie oft ihre Tage verbrachte. Ihre vorstehenden Schneidezähne ruhten auf ihrer Unterlippe. Sie dachte nach. Auf ihrem Gesicht lag weder Zufriedenheit noch Triumph. So räkelte sie sich in der Matte, bis es Abend wurde und bis sie hörte, wie Margalit, Benjamin und Nissim, ja sogar Madame Rachelle, im ganzen Ort nach Tuwit riefen.

Auch in den kommenden beiden Tagen, als schon das ganze Viertel nach der Hündin Tuwit suchte, schwieg sie. Dutzende von Zeugen wurden über Tuwits letzte Stunden befragt. Das Herrchen des Hundes Hoschech, dem letzten Spielgefährten von Tuwit, wurde vernommen, und der Lebensmittelhändler und seine Frau wurden ebenfalls verhört. Benjamin hatte eine Zeit lang den Boten der Poststelle in Verdacht, doch nach einer Weile ließ er diesen Verdacht fallen. Sima lag die ganze Zeit in der Hängematte und verfolgte das Geschehen. Sie wartete. In ihrem Innern verfasste sie schon die Rede, die sie vortragen würde, wenn man kam, um sie zu befragen. Sie stellte sich in Gedanken häufig die verdutzten Gesichter von Margalit und Benjamin vor, wenn sie ihnen von den beiden unbekannten Jungen erzählen würde, die Tuwit in den Sack gesteckt hatten. Sie frisierte die Tatsachen ein wenig, aber in ihrem Eifer bemerkte sie es selbst nicht.

In diesen Tagen kamen immer wieder Suchtrupps an ihrem Elternhaus vorbei, die eifrig jeden Informationsfetzen an Benjamin weiterleiteten. Am Abend des zweiten Suchtages hielt Sima es nicht mehr aus: Wenn sie nicht zu ihr kamen, würde sie zu ihnen gehen. Ihre kleine Geschichte über den Diebstahl der Hündin Tuwit bedeutete ihr mehr als ihre Selbstachtung.

Sie fand Margalit und Sarah müde gegen den ›Stuhl‹ gelehnt, jenen Paternosterbaum. »Hallo«, sagte Sima. Die beiden sahen sie überrascht an: Sie verstanden nicht, woher Sima plötzlich auftauchte. »Was ist mit Tuwit?«, fragte Sima.

»Nichts«, sagte Margalit. »Sie ist noch nicht gefunden worden.« Sie stocherte mit der Fußspitze im Sand.

»Ich weiß, wo sie ist. Ich habe alles gesehen«, sagte Sima.

»Was?« Margalit sah sie fassungslos an. »Woher weißt du, wo sie ist?«

»Ich habe alles beobachtet«, sagte Sima, »zwei Typen haben sie mitgenommen, als Benjamin das Rad ausprobierte.«

»Du hast das beobachtet und nichts gesagt?«, fragte Sarah ungläubig.

»Wieso hat mich niemand gefragt?« Sima verschränkte die Arme über der Brust.

»Wieso dich niemand gefragt hat?«, staunte Margalit. »Wir sind gar nicht auf die Idee gekommen, dass du etwas wissen könntest. Darauf wäre niemand gekommen.«

Simas Gesicht wechselte die Farbe wie ein Chamäleon.

Zunächst war es gelblich, dann rosa und schließlich dunkelrot. Ihre Unterlippe sank auf das Kinn und ihre Brauen schrumpften aufeinander zu. Ihr ganzes Gesicht verzog sich und zwei große, dicke Tränen rannen an ihrer Nase entlang auf das Kinn, wo sie hängen blieben. »Ich habe alles gesehen«, sagte sie mit belegter Stimme. »Und niemand hat auch nur daran gedacht, mich zu fragen.«

Margalit hatte das Gefühl, dass ihr ein Kloß im Hals steckte. Sie setzte zweimal an, etwas zu sagen, aber es wollte ihr nicht gelingen.

»Warum hast du nichts unternommen?«, fragte Sarah mit klarer Stimme. »Es genügt nicht, etwas zu wissen. Man muss auch handeln.«

Sima zuckte hilflos die Achseln. Sie sah Margalit noch eine Weile an, dann ging sie.

»Was soll denn das? Das gibt's doch wohl nicht!«, sagte Sarah.

»Ja«, sagte Margalit, die Simas Rücken nachsah, der sich langsam entfernte. »Sie ist so«, Margalit versuchte die passenden Worte zu finden, »sie ist so unbedeutend. Und so bedauernswert«, sagte sie schließlich.

»Ja«, sagte Sarah, und ihre Stimme klang wieder praktisch, »wir müssen Benjamin informieren.«

Fünfzehntes Kapitel

Madame Karkura Levy
trennt sich von ihrem Geld

Während ich wieder an Sima und das Begräbnis der Schlange denke, sehe ich die Gestalt von Madame Karkura Levy vor mir. Seit wir ihr zum ersten Mal begegnet sind, ist »viel Wasser den Bach hinuntergeflossen«, wie Madame Rachelle es beschreiben würde: Benjamin bastelte an seinen Rädern und verzweifelte an ihnen. Margalit gab sich ihren Träumen über den Zirkus hin und ließ sie wieder fallen. Sarah Antabi fand langsam ihren Platz als »Mädchen mit Selbstachtung aus gutem libanesischen Haus«. Mirjam dachte über das Internat nach und Madame Rachelle besuchte einmal die Woche das Café »Milano«.

Die ganze Zeit über aß Madame Karkura in Öl gebratene Auberginen und heckte verschiedene Pläne über die Zukunft der Hündin Tuwit aus. Seit dem Tag, an dem Tuwit den Rosenbusch in Madame Karkuras Garten ausgegraben hatte, dachte sie ununterbrochen an Autos. Autos fuhren schnell, Bremsen quietschten und eine kleine Hündin mit braunem Fell lag auf der Straße. Diese Vorstellung ließ ihr keine Ruhe. Sie ging zur Stadtverwaltung, stieg mit ihren schweren Beinen den Wasserturmhügel hinauf und wartete anderthalb Stunden, bis der zuständige Beamte vom Gesundheitsamt die Güte hatte, sie zu empfangen. »In meinem Hof wimmelt es von Mäusen«, erklärte sie, »es muss Gift gestreut werden.« Aber das Verfahren war langwierig: Der Beamte nahm die Sache auf und versprach, sich darum zu kümmern. Nach einiger Zeit gewann Madame Karkura Levy den Preis der Stadtverwaltung für den gepflegtesten Garten und war ein paar Tage lang siegestrunken. Madame Rachelle, in deren Gartenstück nur Unkraut und zwei Kakteen wuchsen, sagte, nicht ohne Anflug von Neid:»Von mir aus! Es gibt Leute, denen Pflanzen wichtiger sind als Menschen. Denen ist nicht zu helfen.« Sie selbst war für keinen Preis der Welt bereit, auf ihr faules Morgenschläfchen zu verzichten.

Inzwischen passierte Madame Karkura etwas Unangenehmes: Ihr Bein tat ihr ein paar Tage lang weh, und der Arzt verkündete, sie habe Wasser im Knie. Madame Karkura, die kaum laufen konnte, sah kummervoll zu, wie ihr Garten verwilderte. Sie engagierte zwei Jugendliche, die den Garten pflegen sollten. Dann schob sie ihren Sessel auf die Terrasse und beaufsichtigte die Arbeit der beiden..

Genau diese Jugendlichen, die sich glichen wie ein Haar dem anderen, standen nun vor Benjamin und Nissim im Kreuzverhör. Die Vernehmung fand in der Baracke statt, die als Umkleidekabine für den ortsansässigen Fußballklub diente. Die Mädchen, Margalit und Sarah, saßen an der Seite auf einem umgedrehten Fass und hörten mit unverhohlenem Stolz zu: Dank der Information, die sie von Sima bekommen hatten, waren die beiden geschnappt worden. Benjamin hatte ein Fass in die Mitte des Zimmers gerollt, auf das er ein Brett gelegt hatte, das ihm als Vernehmungspult diente. Selbst in dieser schweren Stunde der Trauer über Tuwits Verlust verzichtete Benjamin nicht auf seine Vorliebe für Zeremonien.»Was habt ihr mit ihr gemacht?«, fragte Benjamin.

»Nichts«, sagte der Längere. Er wusste nicht, wohin mit seinen Armen, er steckte die Hände in die Taschen, verschränkte die Arme und rieb sich die Hände.

»Wir haben nichts gemacht, bei meinem Leben«, sagte der kleinere und ängstlichere von beiden.

»Ihr seid beobachtet worden, wie ihr die Hündin in

einen Sack gesteckt und mitgenommen habt«, sagte Benjamin und betonte jedes Wort.

»Nicht in einen Sack«, lehnte der Kleine sich auf. Der Lange stieß ihn mit dem Ellbogen an.

»Nicht in einen Sack und nicht in sonst was«, sagte der Lange. »Wir haben sie nicht mitgenommen.«

»Sieh mal«, sagte Benjamin geduldig, »ich will nicht aussprechen, was passiert, wenn du mir nicht die Wahrheit sagst. Wo ist der Hund jetzt?« Die beiden schwiegen. Benjamin trommelte mit einem Finger auf den Tisch.

»Ich warte«, sagte er.

»Es ist nicht unsere Schuld«, sagte der Kurze mit einem Weinen in der Stimme. »Wir dachten, es wäre eine Katze. Er ist uns gefolgt wie eine Katze.«

»Er hatte kein Halsband um«, sagte der Lange und befreite nervös die Hose aus seiner Gesäßritze.

»Wir dachten, es wäre eine Katze«, fuhr der Kurze fort, »und wir sind mit ihm ans Meer gefahren. Ein Fischer hat den Hund gesehen und wollte ihn haben.«

»Ihr habt Tuwit verkauft?«, fragte Margalit ungläubig von der Seite.

»Wir hatten schon vorher Geld bekommen«, sagte der Kurze. Der Lange warf ihm einen drohenden Blick zu.

»Noch mal, von Anfang an«, sagte Benjamin, »habt ihr in dem Garten von Karkura Levy gearbeitet, oder etwa nicht?«

»Ja«, sagte der Kurze, »sie ist an allem schuld. Sie hat uns bezahlt, damit wir den Hund mitnehmen.«

»Und dann habt ihr noch mehr Geld bekommen, als ihr Tuwit verhökert habt?«, fragte Benjamin.

Der Kurze nickte.

»Wie viel?«, fragte Benjamin, »ich will wissen wie viel.«

»Dreißig Lirot«, sagte der Lange schließlich, »zwanzig von ihr und zehn von dem Fischer.«

Benjamin schwieg. »Wo wohnt dieser Fischer, dem ihr sie verkauft habt? Wie heißt er?«, fragte er schließlich.

»Toni«, sagte der Kurze, »er hat gesagt, er heißt Toni. Er arbeitet am Hafen.«

»Jetzt«, sagte Benjamin und stand auf, »will ich, dass ihr das Geld, das ihr kassiert habt, hier auf den Tisch legt. Dann sehen wir weiter.«

»Wir haben nichts mehr«, sagte der Kurze erschrocken, »wir haben es ausgegeben.«

»Genug, Benjamin«, sagte Sarah plötzlich, »lass sie gehen.«

»Was mischst du dich ein«, murrte Nissim.

»Lass sie gehen«, sagte Sarah wieder und ließ den Blick nicht von Benjamin.

Die beiden Typen sahen ihn schnell prüfend an und machten sich sofort aus dem Staub.

»Du hättest sie nicht gehen lassen sollen«, sagte Nissim, der Sarah feindselig ansah. »Das kommt dabei heraus, wenn Weiber sich einmischen.«

»Wir müssen dorthin«, sagte Benjamin.

»Wohin?«, sagte Margalit erschrocken.

»Zu dem Fischer in Tel Aviv«, sagte Benjamin.

»Wir haben nicht genug Geld für die Fahrt«, sagte Sarah und wickelte eine Strähne um ihren Finger.

»Wir haben genug«, sagte Benjamin und ging zur Tür. »Ich habe eine Idee.« Alle drängten hinter ihm nach draußen.

Benjamin ging zu Madame Rachelles Wohnung. Als er vor der Tür stand, sagte er: »Ich gehe allein rein.« Seine Augen waren auf Margalit geheftet. Keiner wusste, worüber Benjamin und Madame Rachelle so lange sprachen.

Schließlich kam Madame Rachelle heraus. Sie trug die Perlenkette und hatte den guten Schal um die Schultern, den sie normalerweise am Schabbat trug.

Sie ging langsam, schwankte von Seite zu Seite wie ein dickbauchiger Krug in Richtung Madame Karkura Levys Wohnung. Die Kinder folgten ihr.

»Ihr wartet hier«, sagte sie und ging hinein.

»Was für ein hoher Besuch, was für ein hoher Besuch«, sagte Madame Karkura, als sie sie an der Tür sah. »Kommen Sie herein, Rachelle.«

Beide nahmen in dem kleinen Wohnzimmer Platz.

Nach einer kurzen höflichen Unterhaltung kam Madame Rachelle zum Anlass ihres Besuches.

»Hören Sie mal, Karkura«, sagte sie auf Französisch und verzichtete aus irgendeinem Grund auf das Wort ›Madame‹. »Ich weiß, was Sie mit dieser bedauernswerten Hündin gemacht haben, die Ihnen nichts Böses getan hat.«

»Was soll ich gemacht haben«, erschrak Madame Karkura und legte die Hand aufs Herz. »Muss ich mir aus Ihrem Mund so etwas anhören, Rachelle?«

»Sie werden sich auf noch Schlimmeres gefasst machen müssen«, sagte Madame Rachelle. »Sie werden mir jetzt fünfzig Lirot geben.«

»Fünfzig Lirot?«, schrie Madame Karkura auf. »Selbst wenn ich ein ganzes Jahr lang nichts mehr essen würde, hätte ich keine fünfzig Lirot, was denken Sie sich, Rachelle?«

»Ich denke mir so manches«, sagte Madame Rachelle und kramte in ihrer Tasche.

»Hier ist die Rechnung.« Sie zog ein Blatt Papier vor. Sie las laut und übersetzte ins Französische:

»Zwanzig Lirot – die Summe, die Sie den beiden Jungen gegeben haben, damit sie die Hündin mitnahmen.

Zehn Lirot – die Summe, die der Fischer den beiden für die Hündin bezahlte.

Zehn Lirot – die Entschädigung für Benjamin und Margalit, die die Hündin zurückholen werden.

Zehn Lirot«, und hier schaute Madame Rachelle hoch, »zehn Lirot für Geiz und Niedertracht.«

Madame Karkura wischte verlegen mit der Hand über

den kleinen Tisch:»Also wirklich, Rachelle«, sagte sie,
»dass Sie so mit mir reden.«

Sie sah Madame Rachelle ins Gesicht. Es blieb hart.

»Dreißig«, sagte Madame Karkura.

»Fünfzig«, sagte Madame Rachelle.

»Fünfunddreißig, das ist alles, was ich habe«, sagte Madame Karkura mit gebrochener Stimme.

»Fünfzig«, sagte Madame Rachelle erneut.

Madame Karkura ging zu der kleinen Kommode, aus der sie eine Holzschatulle holte. Aus der Schatulle zog sie ein zusammengebundenes Taschentuch.

Karkura zählte laut die Münzen ab:»Fünfundvierzig«, sagte sie und schob den Haufen Münzen über den Tisch.

Madame Rachelle sammelte das Geld ein und stand auf: »Eukalyptussalbe ist das Beste für das Bein«, sagte sie.

Draußen warteten die Kinder auf sie.»Und?«, fragte Benjamin. Madame Rachelle sagte nichts. Als sie ihre Wohnung erreichten, gab sie Benjamin das Geld.»Es hat geklappt«, sagte sie.

Sechzehntes Kapitel

Die Schicksalsgöttin
oder zwei Briefe

Für alles, was Margalit und Benjamin passierte, kann man das, was die Leute die »Schicksalsgöttin« oder »der pure Zufall« nennen, verantwortlich machen oder sich bei ihnen bedanken (je nachdem). Madame Rachelle behauptete, dass das Aussehen der Schicksalsgöttin sie an eine untersetzte Dame mit Doppelkinn, einem miesen, launischen Charakter und vor allem mit einer, verschlossenen Hand erinnere, wann immer es um Geld ging. Im Grunde, behauptete Madame Rachelle, erinnere sie die Schicksalsgöttin haargenau an Madame Karkura Levy.

Jedenfalls wären die Dinge ohne Zufall anders verlaufen. Wie bei einem Kuchen, bei dem man das Backpulver vergessen hat, oder wie bei einem Kuchen, an den man zu viel Backpulver gegeben hat. Ein Kuchen ohne Backpulver und ein Kuchen mit zu viel Backpulver sind zwei Paar Schuhe und jeder, der gerne Kuchen isst, weiß das.

Denn wenn wir zu unserer Geschichte zurückkehren, werden wir feststellen, dass Benjamin und Margalit schließlich nicht nach Tel Aviv gefahren wären, wenn die Hündin nicht verschwunden wäre. Und wenn das zusammengeschraubte Fahrrad funktioniert hätte, wären sie nach Tel Aviv gefahren, allerdings aus anderen Gründen. Und wenn das Herz der Direktorin Frida weich geworden wäre, wäre Benjamin möglicherweise auf der Schule geblieben, und das Abenteuer, von dem ich in den nächsten Kapiteln erzählen werde, hätte gar nicht stattgefunden.

Das meinte ich mit: ein völlig anderer Kuchen.

»Das Problem ist«, sagte Madame Rachelle, »das Problem ist, dass Menschen im Spiel sind, und wo Menschen im Spiel sind, werden die Dinge kompliziert.« Und um ihre Worte zu unterstreichen, halte ich zwei Briefe in der Hand, der eine kurz, der andere lang. Den einen schrieb Benjamin und den zweiten Margalit. Ich werde sie hier in ihrem genauen Wortlaut wiedergeben.

Sehr verehrter Herr Izchak,
Sie fragen sich sicherlich, wer Ihnen schreibt, denn ich kenne Sie nicht und Sie mich nicht. Ich bekam Ihre Adresse von jemand, den Sie kennen. Sein Name ist Robert Chasan, und er ist mein Vater.

Im Grunde weiß ich nicht, ob dieser Brief Sie erreicht, denn mein Vater, das heißt Robert Chasan, schrieb von der Rambam-Straße, aber leider nicht, welche Hausnummer. Was ich von Ihnen möchte, ist ein wenig kompliziert, denn in der Zwischenzeit sind zwei Monate vergangen, seit ich den letzten Brief von meinem Vater bekommen habe. Ich werde mich kurz fassen: Genau in zwei Tagen bin ich in Tel Aviv. Ich möchte Sie sehr gerne treffen und Sie ein paar Sachen fragen, auch weil Sie der Einzige sind, den ich in Tel Aviv kenne. Ich schicke meinen Brief mit Eilpost, damit er rechtzeitig da ist. Ich komme, um meine Hündin zu suchen, die mir geklaut wurde, aber ich wollte bei dieser Gelegenheit mit Ihnen über etwas Wichtiges reden.

Weil ich nicht weiß, wie ich Ihre Straße finden soll und ob Sie noch dort wohnen, schlage ich Ihnen etwas vor: Sie könnten mir im Kaufhaus Schalom einen Zettel hinterlassen, wo ich Robert Chasan finden kann. Man hat mir gesagt, dass es in diesem Kaufhaus junge Frauen gibt, die Nachrichten durchsagen, und vielleicht würden diese Frauen Ihre Nachricht entgegennehmen.

Ich würde Sie gerne persönlich treffen, aber ich schrieb

es für den Fall, dass ich Sie nicht treffen kann, und ich weiß nicht genau, was alles passieren wird. Ich schlage vor, dass Sie am Dienstag dort um elf Uhr auf mich warten. Ich hoffe sehr, dass dieser Brief Sie erreicht.

Hochachtungsvoll
Im Voraus danke
Benjamin Chasan

Liebste Netanya,
am Anfang meines Briefes werde ich nach deinem Wohlergehen fragen, wie geht's und was macht die Gelbsucht? Und wie geht es deiner Familie?

Du wirst es nicht glauben, aber jetzt ist es zwölf Uhr nachts. Alle daheim schlafen, nur ich bin wach, und das ist ein sehr merkwürdiges Gefühl. Ich habe auf jede denkbare Weise einzuschlafen versucht, aber vergeblich. Meiner Meinung nach ist das schlechteste Hilfsmittel Schafe zählen. Davon schläft man nicht ein, denn es geht einem schließlich auf die Nerven. Am Ende bin ich aufgestanden und zum Kühlschrank gegangen, um mir etwas zu essen zu holen. Ich habe mir eine Scheibe Brot mit Quark und Marmelade gemacht. Du fragst dich sicher, wieso ich so aufgeregt bin, und ich weiß nicht, wo ich anfangen soll. Gut, also als Allererstes haben zwei Jugendliche Tuwit gestohlen, die von Madame Karkura Levy bestochen waren. Es sind noch viel mehr Dinge passiert, aber ich ziehe es vor, sie dir mündlich mitzuteilen, denn in meinem Kopf gerät jetzt alles durcheinander. Was ich dir in knappen Worten sagen wollte, ist, dass wir morgen früh nach Tel Aviv fahren werden, um sie zu suchen. Ich, Benjamin, Nissim und Sarah Antabi.

Ich habe mir ein paar Sachen in die Tasche gepackt, die ich gerne bei mir habe, denn man kann nie wissen, wie lange wir dort bleiben werden. Benjamin hat gebrüllt, dass wir kein großes Gepäck gebrauchen können und er hat mich regelrecht gezwungen, die Hälfte der Dinge, die ich eingepackt hatte, wieder auszupacken. Aber ich habe beschlossen, nicht mit ihm zu streiten, und tat, was er sagte. Erst jetzt, wo er schläft, habe ich leise ein paar Sachen wieder zurückgelegt. Er braucht das nicht zu wissen. Wie Madame Rachelle sagt:»Was man nicht weiß, macht einen nicht heiß.« Mutter weiß nichts von dieser Reise, wir haben alles heimlich vorbereitet. Nur Madame Rachelle ist informiert und sie hat versprochen, es Mutter zu erzählen, wenn wir abgereist sind.

So viele Dinge rasen mir durch den Kopf, dass ich nicht weiß, was ich zuerst schreiben soll. Im Grunde will ich gar nichts schreiben, sondern nur darüber nachdenken.

Ich stelle mir die ganze Zeit Tel Aviv vor und habe ein paar Leute danach ausgefragt. In der Bibliothek habe ich einen Bildband gefunden, der heißt»Tel Aviv bei Nacht«. Und der Name taucht auch auf Englisch auf, denn das Buch ist für Touristen. Masal, die Frau, die Madame Rachelle pedikürt, sagte mir, Tel Aviv sei wie Petah Tikva, nur zehnmal so groß. Sie selbst fährt zweimal im Monat nach Tel Aviv, denn sie hat dort zwei Kundinnen, denen sie die Nägel schneidet. Masal sagt, dass die Menschen dort viel freier sind, und tun, was ihnen gefällt. Nicht wie bei uns. Auch Benjamin erzählte mir, dass es Menschen gibt, die am Strand schlafen. Das einzige Mal, dass ich in Tel Aviv war, war, als Vater mich mitgenommen hat ins Hotel Hilton: Aus den riesigen Fenstern dort im Hotel sah ich das Meer so groß und still. Ich liebe das Meer. Als ich mit Sarah darüber sprach, sagte sie, sie ziehe die Wüste vor. Sie zeigte mir ein paar Ansichtskarten, die sie von einem Ausflug in die Wüste Sinai hatte, und sie ist wirklich sehr schön. Aber als ich mir diese Bilder genau ansah, hatte ich ein viel größeres Gefühl der Einsamkeit als am Meer. Sarah sagt, Tel Aviv sei nicht so, wie die Leute behaupten: Es sei einfach eine Stadt mit vielen Autos, Schmutz und Lärm.

Vielleicht stimmt das, aber es hat mich ein wenig verletzt, als sie das sagte: ich weiß nicht warum. Vielleicht, weil sie die Sache nicht so aufregend findet wie ich.

Gut, ich habe keine Kraft mehr zu schreiben und fühle mich ein wenig müde. Dieser Brief ist nicht besonders schön geworden, aber mir hat die Kraft gefehlt, über Ausdrücke nachzudenken.

Ich werde dir aus Tel Aviv eine Karte schicken.

Für alle Ewigkeit deine dich liebende Cousine Margalit

Siebzehntes Kapitel

Tel Aviv – erstes Treffen

Der beleibte junge Mann saß schon seit einer Weile in der Ecke des vollen Cafés. Gäste kamen und gingen. Die Tische wurden rasch frei, und der Kellner beeilte sich, sie für die Leute, die an der Tür warteten, leer zu räumen. Auf dem Tisch vor dem jungen Mann lagen eine sorgfältig gefaltete Zeitung und eine leere Zigarettenschachtel. Er hatte eine Tasse vor sich, über deren Ränder weiße Sahnebäche gequollen waren.

Seit etwa zehn Minuten sah er mit wachsendem Interesse der kleinen Gruppe Kinder zu, zwei Jungen und zwei Mädchen, die an der Kreuzung standen und sich berieten. Immer wieder schien es, dass sie die Richtung, die sie einschlagen wollten, änderten.

Der zentrale Busbahnhof war um diese Uhrzeit schon recht belebt. Viele Menschen drängten sich an den Haltestellen und vor den zahlreichen Ständen, an denen alles Mögliche angeboten wurde: Armbanduhren, Kinderkleider, Pfeifen in Vogelform, Haushaltsgegenstände, Lebensmittel und Luftballons. In der Luft hing der starke Geruch der Busabgase, von gebratenen Frikadellen und Mais.

Der junge Mann machte dem Kellner ein Zeichen mit der Hand. »Wie viel macht es?«, fragte er. Er legte zwei Münzen auf den Tisch, rollte die Zeitung zusammen, steckte sie in die Tasche und verließ eilig das Café, wobei er die Kinder nicht aus den Augen ließ.

»Entschuldigung, tut mir Leid«, sagte er, als er absichtlich Margalit anstieß und sie leicht zur Seite schubste.

Margalit rieb sich den Arm. »Macht nichts«, sagte sie.

»Immer stoße ich irgendwo an«, sagte er zu den Kindern, die ihn neugierig musterten. »Es liegt wohl an meinem Körperumfang, denke ich. Außerdem«, sagte er, »sind hier zu viele Menschen. Immer ist die Hölle los.« Er schwieg einen Moment lang. »Seid ihr aus Tel Aviv?«, fragte er. »Nein«, sagte Benjamin knapp. Der Redefluss des Fremden behagte ihm nicht.

»Vielleicht wissen Sie, wie man von hier aus zum Hafen in Jaffa kommt?«, fragte Margalit.

»Zum Hafen in Jaffa?« Der Dicke kratzte sich den Nacken. »Ja, sicher! Zuerst müsst ihr aus dem Busbahnhof raus. Dann geht ihr eine halbe Stunde bis zur King-George-Straße. Von dort nehmt ihr den Bus Nr. 25. Es ist ganz einfach.«

»Ganz einfach?«, fragte Margalit verzweifelt. »Es klingt sehr kompliziert.«

Der junge Mann sah auf seine Uhr: »Hört mal«, sagte er und musterte Benjamin. Der da ist der Anführer, dachte er bei sich. »Hört mal her, ich muss ohnehin in diese Richtung. Ich kann euch den Weg zeigen.«

»Prima«, freute sich Nissim und legte sich den Riemen der Tasche über die Schulter.

Alle machten Anstalten, dem jungen Mann zu folgen, nur Benjamin rührte sich nicht von der Stelle.

»Sind Sie sicher, dass von hier kein Bus fährt?«, fragte er. Der Dicke wandte sich zu ihm und grinste: »Du bist aber misstrauisch«, sagte er, »willst du mal zur Polizei?« Benjamin biss sich verärgert auf die Unterlippe und trottete hinter den anderen her. Als sie den Busbahnhof hinter sich gelassen hatten, musterte der junge Mann die Kinder. Das kleinere Mädchen, dem das Haar in die Augen fiel, trug einen komischen Hut. Es hätte witzig aussehen können, wenn das Gesicht des Mädchens nicht so angespannt und ernst gewirkt hätte.

»Ich heiße Margalit«, sagte sie, als sie durch eine Straße

kamen, die von alten gelben Häusern, verzierten Eisen-
zäunen und Dutzenden von Schildern gesäumt war. »Und
das sind mein Bruder Benjamin, Sarah Antabi und Nissim
Kastariano.«
»Sehr angenehm«, nickte der junge Mann. »Nennt mich
Motti.« Dann las Margalit laut die Schilder an den Türen:
»Doktor Klement, Zahnarzt; Efraim A. Rotem und
Cohen, Rechtsanwälte; Hanoch Landsmann, staatl. aner-
kannter Revisor…«
»Genug«, sagte Benjamin und fragte: »Was ist das für
eine Straße?«
»Ha-hashmal-Straße«, sagte Motti. »Von hier geht es zur
Allenby-Straße und von dort zur King-George-Straße.«
»In der Allenby-Straße kauft meine Mutter ihre Schuhe«,
sagte Nissim. Sarah schwieg. Sie sah den jungen Mann von
der Seite an. Etwas an seinem Aussehen störte sie: Viel-
leicht das dünne fettige Haar, das ihm an der Stirn klebte.
Sie gingen etwa eine Dreiviertelstunde, in der die Kinder
versuchten, mit den großen Schritten von Motti mitzuhalten. »Es ist schrecklich weit«, klagte Margalit, »fährt denn
wirklich kein Bus dorthin?«
»Es gibt einen Bus, aber es ist doch viel angenehmer zu
Fuß zu gehen. Ich gehe am liebsten zu Fuß.«
»Bist du aus Tel Aviv?«, fragte Margalit.
»Das kannst du laut sagen«, lachte Motti, »ich lebe schon
zehn Jahre hier und habe die Stadt nur einmal verlassen,
als ich nach Haifa fuhr.«
»Und was treibst du so?«, fragte Sarah.
Motti sah sie an: »Ich habe fünf Jahre als Kellner gearbeitet, bis der Eigentümer des Lokals wechselte und mich auf
die Straße gesetzt hat.«
»Warum hat man dir denn gekündigt?«, fragte Mar-
galit.
»Was weiß ich? Vielleicht hat ihnen meine Nase nicht
gefallen.«

Margalit schüttelte empört den Kopf: »Es ist gemein, jemanden rauszuschmeißen«, sagte sie.

Sie kamen an eine große Kreuzung. »Hier ist die King-George-Straße«, sagte Motti und zeigte auf die stark befahrene Straße.

Sie kamen an einem Pizzastand vorbei. »Ich habe Hunger«, sagte Nissim.

Benjamin kaufte jedem ein Stück Pizza, auch Motti, und sie setzten sich auf eine Bank in einer Allee.

»Diese Allee«, sagte Motti mit vollem Mund, »führt ans Meer.«

»Was für ein schöner Name, King-George-Straße«, sagte Margalit. »Es wäre schön, wenn unsere Straße so heißen würde. Ich wüsste gerne, nach wem sie benannt ist.«

»Nach König George natürlich«, sagte Sarah und lachte.

Später holte Motti eine zerdrückte Zigarette aus der Tasche und zog sie glatt.

»Vielleicht hat jemand von euch Feuer?«, fragte er.

»Wir rauchen nicht«, sagte Benjamin finster.

Motti ging zur nächsten Bank und bat die Dame, die dort saß, um Feuer.

»Ich will ihn loswerden«, sagte Benjamin.

»Ich auch«, fügte Sarah hinzu. »Dieser Fettwanst!«

»Wieso denn? Wieso?«, jammerte Margalit. »Was habt ihr gegen ihn?«

Motti kam zurück und blies den Rauch aus: »Habt ihr Lust, eine Tierhandlung zu sehen?«, fragte er.

Diesen Vorschlag konnte nicht einmal Benjamin abschlagen. Sie standen auf und folgten ihm.

Achtzehntes Kapitel

Motti

»Wassermelone! Wassermelone!«, schrie der Papagei in seinem Käfig, der am Eingang der Tierhandlung stand. Eine Menschenansammlung hatte sich um den Käfig gebildet und begleitete die Rufe des Papageis mit Applaus. »Das ist Simcha«, sagte Motti stolz und verschränkte die Arme über der Brust.

»Simcha?«, fragte Margalit begeistert.

Der Papagei hörte nicht auf, wütend gegen die Holzstange zu picken, auf der er saß. »Er hat schlechte Laune«, sagte Motti. Im Nachbarkäfig saß ein aufgeplustertes weißes Papageienweibchen, dessen kurzer Hals in seinen Federn verschwand.

»Sie sieht aus wie Madame Rachelle im Winter«, sagte Sarah lachend und ging etwas näher an den Käfig heran. Nissim und Benjamin betrachteten interessiert ein paar weiße Pudel, die Seite an Seite in einem Käfig lagen. Der Mann, der hinter der Theke stand, winkte Motti zu.

»Kennst du ihn?«, fragte Margalit.

»Ich habe hier mal gejobbt«, sagte Motti mit gespielter Gleichgültigkeit.

»Wer weiß«, sagte Benjamin plötzlich, »vielleicht ist Tuwit in so einem Laden gelandet.«

»Was für eine Rasse ist sie?«, fragte Motti interessiert.

Benjamin zuckte die Achseln: »Sie ist keine Rassehündin, nur eine Promenadenmischung.«

»Keine Chance«, sagte Motti, »in Tierhandlungen werden ausschließlich reinrassige Hunde verkauft.«

Benjamin war beleidigt. »Sie war klüger als alle reinrassigen Hunde zusammen.«

»Es ist keine Frage der Klugheit«, sagte Motti, als sie zu einem Laden in der Nähe gingen und sich Taschenmesser ansahen, die sich auf einer Scheibe drehten. »Es ist keine Frage der Klugheit. Es ist einfacher reinrassige Hunde abzurichten. Sie kapieren schneller.«

»Der Freund meines Cousins hat einen Schäferhund, der sehr schwer von Begriff ist«, trug Nissim seinen Teil zu dem Gespräch bei.

»Interessant, wie das funktioniert«, sagte Benjamin wie zu sich selbst und studierte die drehende Scheibe. Neben dem Schaufenster standen zwei mechanische Puppen und verbeugten sich vor den Passanten.

Benjamin sah Motti an: »Ist hier in der Nähe die Bushaltestelle nach Jaffa?«

»Ganz in der Nähe«, sagte Motti. »Aber warum denn so eilig? Es brennt doch nichts an.«

»Das stimmt«, sagte Margalit.

Benjamin sah sie feindselig an. »Nein, das stimmt nicht«, sagte er, »wir haben es sehr eilig.«

»Wie ihr wollt«, sagte Motti und glitt mit den Händen über sein fettiges Haar. »Ich dachte, ihr wolltet ein wenig an den Strand gehen. Jetzt ist es dort am schönsten. Der Strand ist menschenleer.«

Ein Schatten der Verlockung glitt über Benjamins Gesicht. »Ein andermal«, sagte er.

»Wir können doch noch zum Strand gehen«, drängte Sarah, »nur für eine Stunde.« Nissim und Margalit stimmten begeistert zu.

Kurz darauf lagen die fünf ausgestreckt im weißen, sauberen Sand. Margalit sah auf die Hochhäuser in der Nähe des Strandes. »Was sind das für Gebäude?«, fragte sie.

»Das sind die großen Hotels«, sagte Motti. »In jedem

Hotel gibt es ein Schwimmbad und ein Restaurant, einfach alles.«

Margalit zählte laut die Stockwerke, aber sie vertat sich einige Male und begann immer von neuem zu zählen. »In einem Hotel«, sagte Motti, während er sich eine Zigarette anzündete, »gibt es nie ein dreizehntes Stockwerk.«

»Warum denn nicht?«, fragte Benjamin.

»Dreizehn ist eine Zahl, die Unglück bringt. Katastrophen.«

»Woher weißt du das?«, wollte Benjamin wissen.

»Ich habe lange in so einem Hotel als Kellner gearbeitet.« Er schwieg einen Moment und dachte nach. »Was ich da nicht alles erlebt habe.«

»Was denn?«, fragte Margalit neugierig.

»Alles Mögliche«, er zuckte die Achseln, »alles Mögliche. Ich bin dort Menschen aus der ganzen Welt begegnet. Amerikanern, Franzosen, Japanern, Afrikanern. Allen möglichen komischen Gestalten. Wisst ihr, dass die Japaner nie Nein sagen?«

»Wieso denn nicht?«, fragte Sarah verwundert.

»Ich weiß es nicht genau, aber sie sagen nie Nein. Einmal bin ich einer Frau begegnet«, fuhr Motti fort, »einer reichen Frau aus Amerika. Sie war verrückt nach mir. Sie hat behauptet, sie würde mich nach Amerika mitnehmen, damit ich bei ihr zu Hause arbeitete. Sie hatte dort ein Haus mit zehn Zimmern.«

»Und warum bist du nicht mit ihr gefahren?«, fragte Margalit.

»Ich wollte nicht«, sagte Motti, »und eines Tages«, fuhr er fort, »eines Tages hätte mich beinahe einer um die Ecke gebracht.« Die Kinder sahen ihn erwartungsvoll an.

»Es war ein Kerl, der jeden Abend im Restaurant aß. Wenn er mit jemandem sprach, schrie er und störte die übrigen Gäste. Das machte er extra.«

»Wieso?«, fragte Benjamin.

»Er wollte, dass man ihn rausschmiss, weil er dann nicht bezahlen musste. Mir macht keiner was vor. Eines Abends habe ich ihn gebeten, am Anfang der Mahlzeit zu bezahlen. Er stand auf und stieß den Tisch gegen mich.«

»Und was ist passiert?«, fragte Sarah.

»Nichts. Ich war ein wenig an der Hand verletzt. Aber das war noch gar nichts. Als ich mit der Arbeit fertig war, habe ich gesehen, dass er mir mit zwei Freunden, solchen Schlägertypen, draußen auflauerte. Ich wußte, das war mein Ende.«

Die Kinder wurden still. »Und was hast du gemacht?«, fragte Margalit schließlich.

»Ihr werdet nicht glauben, was ich gemacht habe. Ich bin zum Hotel zurückgegangen und habe mir einen Anzug aus dem Lager geholt. Eine Portiersausrüstung. Und eine Brille habe ich aufgesetzt. So bin ich an ihnen vorbeigekommen, ohne dass sie mich erkannten.«

»Was für eine Idee«, sagte Margalit begeistert.

Benjamin stand auf. »Ich teste jetzt das Wasser«, sagte er. Sarah schloss sich ihm an. »Ich komme mit.«

»Ich glaube diese Lügen nicht«, sagte er zu Sarah, als sie sich entfernt hatten. Sie krempelten die Hosenbeine hoch und zogen ihre Jacken aus.

Weit am Horizont sahen sie ein Segelboot und ein paar weiße Möwen.

»Ein Düsenjäger!«, rief Sarah und sah in Richtung Himmel. Das Flugzeug zog eine Rauchwolke hinter sich her.

Nissim und Margalit folgten ihnen. »Wie eisig das Wasser ist«, klagte Margalit. Motti setzte sich in den Sand und sah ihnen zu.

Als sie den Strand verließen, war es kurz vor zwölf. Motti verabschiedete sich an der Bushaltestelle von ihnen und schüttelte jedem die Hand. »Ich wünsche euch viel Erfolg«, sagte er.

»Wir dir auch«, sagte Margalit. Er entfernte sich rasch und winkte mit der Hand zum Gruß.

Benjamin zog den Geldbeutel heraus. Plötzlich veränderte sich sein Gesicht. »Er ist ein Dieb«, sagte er, »Motti ist ein Dieb.« Die drei sahen ihn ungläubig an. »Seht mal, was er uns hinterlassen hat«, sagte Benjamin und glättete ein silbernes Zigarettenpapier, auf dem etwas geschrieben stand: »Ich habe mir zwanzig Lirot für Zigaretten und sonstigen Kram genommen. Ich hoffe, ich kann es euch eines Tages zurückgeben. In Freundschaft: Euer Motti.«

Neunzehntes Kapitel

Im Hafen

Margalit befühlte ihre Füße, die vom vielen Gehen geschwollen waren:»Man kann niemandem trauen«, sagte sie verbittert. Sie saßen auf einem Felsen auf dem Weg nach Jaffa und sahen auf das Meer. Um Geld zu sparen, hatten sie beschlossen, den Weg zu Fuß zurückzulegen.

»Ich habe ihn gleich durchschaut«, sagte Sarah, während sie ihr Haar mit einem Gummi zusammenband.

»Und warum hast du dann nichts gesagt?«, sagte Nissim verärgert. Sarahs hochmütiger, selbstbewusster Tonfall hatte ihm noch nie gefallen.

»Man sagt nicht alles, was man denkt«, sagte Sarah.

Benjamin stand auf dem Felsen und schützte seine Augen vor der grellen Sonne:»Man kann von hier die Bucht und den Hafen sehen«, sagte er.»Es ist herrlich!«

Er sah auf die Uhr:»Wir haben noch eine halbe Stunde zu gehen.«

»Trotzdem«, fuhr Margalit fort, die sich vorsichtig die Strümpfe anzog,»war es nett von ihm, dass er uns nicht das ganze Geld weggenommen hat.«

»Sehr nett«, antwortete Nissim mit einem Spott, der nicht typisch für ihn war.»Vielleicht suchen wir ihn noch, um uns zu bedanken.«

Benjamin ging zur Straße und die anderen folgten ihm.»Ich suche ein Geschäft«, sagte Margalit keuchend,»wo ich eine Ansichtskarte kaufen kann. Ich habe Madame Rachelle versprochen, ihr eine Karte zu schicken.«

Sie gingen eine steile Straße hinunter, an deren Ende sich

ein großes Eisentor befand, das zum Hafen führte. Zur Rechten und zur Linken standen hohe Gebäude, die an verlassene Fabriken erinnerten.

Benjamin stopfte sich das Hemd in die Hose und fuhr sich mit den Fingern durchs Haar:»Wartet hier!«, sagte er. »Ich werde versuchen, ihn zu finden.«

Die drei setzten sich auf eine der nassen Stufen, neben zwei junge Männer, die aus grünen Plastikkisten Fische verkauften. Sie sahen die kleinen Fischerboote, die im Hafen lagen. Benjamin sprach mit einem Mann in einer Gummihose, der in Richtung Mole zeigte. Und dann mit jemandem, der die Terrasse eines Fischrestaurants fegte.

Nach ein paar Minuten war Benjamin zurück.»Er ist rausgefahren«, sagte er,»in einer Stunde müsste er zurück sein. Der Mann dort unten«, er zeigte auf den großen Felsen in der Nähe des Stegs,»kennt ihn gut.«

»Vielleicht fragen wir bei ihm nach«, schlug Sarah vor. Sie klopften sich die Kleider aus und gingen zum Ende des Stegs. Ein alter Mann mit Stiefeln, der die Mütze tief ins Gesicht gezogen hatte, saß ruhig auf dem Felsen und sah den Fischern zu, die die Netze in einem Boot zusammenlegten.

»Guten Tag«, sagte Benjamin.

Der Alte sah sie an.»Guten Tag«, sagte er teilnahmslos und beobachtete weiter das Boot.

»Kennen Sie hier jemanden namens Toni?«, wagte Benjamin zu fragen.

Dem Alten stand nicht der Sinn nach einem Gespräch. Er nickte, ohne die Kinder anzusehen.

»Wissen Sie, wo er jetzt ist?«

»Rausgefahren«, sagte der Alte. Er wandte ihnen den Kopf zu und musterte sie aufmerksam. Jetzt sahen sie, dass er an einem Grashalm kaute.»Was wollt ihr von ihm?«, fragte er.

»Wir wollten ihn fragen, ob er etwas über unseren Hund weiß. Eine kleine braune Hündin«, sagte Benjamin. Jetzt sah der Mann Benjamin an. »Er weiß nichts«, sagte er, »er weiß überhaupt nichts von einem Hund. Er ist jetzt auf See.«

»Und wann kommt er zurück?«, fragte Margalit, der der Geduldsfaden riss.

»Wer weiß«, sagte der Mann, der den Blick wieder auf die Boote richtete, »wenn man aufs Meer hinausfährt, weiß man nie, wann man wieder zurückkommt.«

Die Kinder schwiegen. »Können wir hier auf ihn warten?«, fragte Sarah schließlich.

Der Mann zuckte die Achseln. »Hier ist Platz genug für alle«, sagte er wie zu sich selbst.

Sie setzten sich auf den glatten Felsen und schauten auf das Meer. Margalit kramte in ihrer großen Tasche und holte belegte Brote, die in kleine Tüten gepackt waren, heraus. »Will einer ein Brot?«, fragte sie. Alle wollten. Sie kauten still ihren Proviant. »Wollen Sie vielleicht auch ein belegtes Brot?«, fragte sie den Alten.

»Vielen Dank«, sagte er und streckte die Hand aus.

»Sind Sie Fischer?«, fragte Margalit mit vollem Mund.

»Ich war es«, sagte der Alte und winkte ab, um zu unterstreichen, dass diese Zeiten vorbei waren. »Früher war ich Fischer, jetzt bin ich alt, und Fische gibt es auch nicht mehr. In zehn Jahren«, sagte er, »wird es hier keinen Fischer mehr geben.«

»Warum nicht?«, fragte Benjamin. »Hier liegen doch viele Boote.«

»Viele Boote?«, kicherte der Alte verbittert. »Das nennst du viel? Das ist ein Witz. Seit sie den Damm in Assuan gebaut haben, gibt es hier kein Süßwasser mehr. Und ohne Süßwasser gibt es keine Fische.« Er schwieg einen Moment lang. »Früher fuhren wir nur im Sommer raus und lebten das ganze Jahr über wie die Könige. Jetzt ist es das ganze

Jahr über, zu allen Jahreszeiten, das Gleiche. Keiner kann seinen Lebensunterhalt verdienen. Ich«, sagte er, »fuhr zusammen mit Tonis Vater aufs Meer. Wir beide waren auf einem Boot. Im Hafen kannte uns jeder. Wir waren die Besten.« Er dachte einen Augenblick lang nach. »Toni ist ein guter Junge. Er hat das Herz auf dem rechten Fleck.«

»Abdul«, rief einer aus dem Boot dem Alten zu, »hast du eine Zigarette?« Abdul nahm seine Mütze ab und holte eine Schachtel Zigaretten und Streichhölzer heraus. Er warf sie dem Mann im Boot zu.

»Wovon leben Sie denn jetzt?«, fragte Margalit.

Der Alte zuckte die Achseln. »Gott vergisst niemanden«, sagte er. Er sah die Kinder an. »Woher kommt ihr?«

»Aus der Nähe von Petah Tikva«, sagte Nissim. »Wir sind alle von dort.«

»Und eure Eltern?«, fragte der Alte. »Machen sie sich denn keine Sorgen?«

Eine Wolke legte sich auf Benjamins Gesicht. »Sie wissen Bescheid«, sagte er.

»Das ist gut so«, sagte Abdul, »als mein Sohn in eurem Alter war, fuhr er nachts mit mir raus. Er ging von der Schule ab und so weiter. Jetzt ist auch er Fischer. Unsere ganze Familie, wir sind alle Fischer. Schon der Vater meiner Frau war Fischer. Jetzt nimmt mein Sohn seinen Sohn nicht mehr mit auf See. Er hat aus der Erfahrung gelernt.«

»Warum denn nicht?«, fragte Margalit.

»Warum nicht? Wenn man das Meer einmal gesehen hat, kann man nicht mehr davon lassen. Es geht einem ins Blut über, das Meer. Es gab Menschen«, fuhr er fort, »die wollten weg vom Meer. Sie sind weggezogen, wieder zurückgekommen, weggegangen und wiedergekommen. Am Ende sind alle zurückgekommen. Ich komme jeden Tag her. Ich sitze einfach hier und habe nichts zu tun. Nichts. Ich sehe den Booten zu. Ich kenne alle. Daheim bin ich unruhig. Streite mit meiner Frau. Hier ist Ruhe. Das Meer beruhigt. Das Meer ist besser als jeder Arzt, besser als Pillen, besser als alles.«

Ein großes Boot kam auf das Ufer zu. »Das ist Tonis Boot«, sagte der alte Abdul, stieg von dem Felsen und ging eilig auf den Ankerplatz zu.

Zwanzigstes Kapitel

Große Enttäuschung

Zwei Männer in Gummikleidern trugen grüne Plastikwannen voller Fische von dem orangefarbenen Boot zum Strand. Zwei andere Männer im Heck des Bootes falteten Netze zusammen. Abdul wechselte ein paar Worte mit dem lockigen Mann, der im Bug des Bootes stand und rauchte. Aus den Augenwinkeln beobachtete er die Arbeit, die in seiner Nähe erledigt wurde. Später gesellte sich Abdul zu den Leuten, die die Netze zusammenlegten. Der Mann mit dem lockigen Haar sprang von Bord. »Hallo«, sagte er lachend zu den Kindern und streckte ihnen seine nasse Hand entgegen. Seine Augen waren – wohl vor Müdigkeit – gerötet.

»Hallo«, sagte Margalit.

Er wischte sich die Hand am Hemdzipfel ab. »Was kann ich für euch tun?«

»Sind Sie Toni?«, fragte Benjamin.

»Hier steht es geschrieben«, lächelte der Mann und zeigte auf das Boot. Und tatsächlich stand in schwarzen Buchstaben auf Hebräisch und Arabisch »Der sagenhafte Toni« an der Flanke des Bootes.

»Ist das der Name Ihres Schiffes?«, fragte Margalit ungläubig.

»Wir«, begann Benjamin, »sind hergekommen, um unseren verlorenen Hund zu suchen. Eine kleine braune Hündin. Jemand hat uns gesagt, Sie hätten sie gekauft.«

»Ungefähr so groß?«, fragte Toni und zeigte mit der Hand, was er meinte. Benjamin nickte. »So ein Kläffer?«, fragte Toni weiter.

Der Schatten eines Zweifels huschte über Benjamins Gesicht:»Ich bin nicht sicher. Bei mir hat Tuwit nicht viel gebellt.«

»Wie lange vermisst ihr euren Hund?«, fragte Toni interessiert. »Seit etwa einer Woche«, sagte Benjamin.

»Ich habe tatsächlich so einen Hund gekauft«, sagte Toni. Er zündete sich noch eine Zigarette an und schützte das Streichholz vor dem Wind, der aus Richtung Meer wehte. »Vor einer Woche haben mir zwei Jungs tatsächlich solch einen Hund verkauft. Aber er ist weggelaufen.«

»Wann denn?«, fragte Benjamin, der blass wurde, »wann ist er Ihnen denn weggelaufen?«

»Was weiß ich? Vor ein paar Tagen. Ich hatte ihn meinem Sohn geschenkt. Es war ein lieber Hund, aber er wollte nicht bei uns bleiben. Er ist abgehauen.«

Die Kinder schwiegen. »Gut«, sagte Benjamin und sah auf den Boden auf seinen Fuß, mit dem er gegen die Bordsteinkante trat. »Vielen Dank.«

»Die ganze Fahrt war überflüssig«, sagte Nissim.

»Was war überflüssig? Was?«, rief Margalit. »Und wenn wir sie gefunden hätten?« Sie wischte sich mit dem Ärmel über die Augen.

»Gut«, sagte Benjamin wieder, »vielen Dank.« Er begann in die Richtung zu trotten, aus der sie gekommen waren.

»Einen Moment, einen Moment noch«, sagte Toni. Die Kinder blieben stehen und warteten. »Kann ich etwas für euch tun? Müsst ihr vielleicht irgendwohin?«

»Es ist schon gut«, sagte Benjamin, »danke schön.«

»Wollt ihr vielleicht etwas essen oder einen Kaffee trinken? Ich habe hier einen guten Kaffee.«

»Es ist wirklich alles in Ordnung«, sagte Benjamin, »wir kommen allein zurecht.«

Toni breitete die Arme hilflos nach den Seiten aus. »Ein schwieriger Junge, was?«, sagte er zu Margalit. Sie nickte. Das Meer, der Ankerplatz, der sagenhafte Toni und Motti, der ihnen das Geld geklaut hatte, alles schien ihr mit einem Mal dumm und sinnlos.

»Ich hätte schon gern einen Kaffee«, sagte Sarah. Ihre feste, klare Stimme ließ die anderen zusammenzucken. Selbst Toni machte vor Überraschung einen Schritt zurück. »Prima«, sagte er und rieb sich die Hände. »Abgemacht. Ich gehe und mache Kaffee.« Margalit wartete, bis er weg war. Dann heftete sie den Blick auf Sarah und sagte:»Warum tust du das?«

»Was denn?«, fragte Sarah verständnislos.

»Du triffst Entscheidungen über unsere Köpfe hinweg. Du willst Kaffee trinken«, sagte Margalit wütend, »das ist ja schön und gut, dass du einen Kaffee willst. Aber was ist mit uns? Vielleicht haben wir keine Lust auf Kaffee? Ich verstehe dich nicht, ich verstehe dich wirklich nicht ...«

»Schluss jetzt«, sagte Benjamin, »genug damit. Sie hat es gesagt und damit basta.«

»Und du?«, wandte Margalit sich an Benjamin. »Du bist immer auf ihrer Seite.«

»Das stimmt«, bestätigte Nissim. Margalit sah ihn missmutig an. »Ich brauche keinen Verteidiger«, sagte sie.

Toni rief vom Boot:»Wollt ihr nicht alle herkommen?«
Sie gingen zum Ende der Mole, und Toni half ihnen nacheinander auf das Boot. Die Kinder tranken schweigend den Kaffee und legten die Finger um die Tassen, um sich zu wärmen. Sie sahen den Leuten zu, die das große Netz zusammenlegten. Abdul hatte sich zu ihnen gesellt.

»Es ist schön hier, was?«, sagte Toni, und weil er keine Antwort erhielt, fuhr er fort:»Gestern hatte ich Glück. Eine halbe Tonne Fisch! Das hätte ich nicht gedacht. Fünf Stunden hatten wir vergeblich gewartet. Alle wollten zurück, aber ich hatte es im Gefühl. Ich wusste, am Ende würde etwas dabei herauskommen, und so ist es tatsächlich gewesen.«

»Warten Sie immer so lange auf die Fische?«, fragte Margalit.

»Nicht immer, aber zum Fischen braucht man Geduld. Viel Geduld. Manch einer verzweifelt nach zwei Stunden und kehrt zurück ans Ufer.« Er schwieg für einen Moment. »Seid ihr von hier? Aus der Nähe?«

»Aus Petah Tikva, aus der Nähe von Petah Tikva«, sagte Benjamin. »Und wegen einem Hund habt ihr den ganzen Weg hierher zurückgelegt?«, fragte Toni verwundert.

Benjamin sah aufs Meer: »Das Meer ist so still.«

»Glatt wie ein Spiegel«, wiederholte Margalit einen Satz, den sie zuletzt in einem Buch gelesen hatte, und sofort überlegte sie es sich anders und berichtigte: »Spiegelglatt.«

»Es ist alles andere als glatt«, sagte Toni und drückte die Zigarette auf dem Deck aus, »wir haben Südwind. Südwind bedeutet Sturm.«

»Woher wissen Sie das?«, fragte Sarah.

»Das ist ganz einfach. Man nimmt eine Hand voll Sand, einfachen Sand, und wirft ihn ins Wasser. Und dann beobachtet man, in welche Richtung der Sand getrieben wird. Treibt er nach Süden, besteht Sturmgefahr.«

Tonis Worte wurden von dem Lärm ringsumher verschluckt, aber die Kinder, die müde waren, fuhren fort, seinen Mundbewegungen zu folgen, die ihnen nach den Ereignissen dieses langen Tages Ruhe und Sicherheit verliehen.

Einundzwanzigstes Kapitel

Beim sagenhaften Toni

Der Abend kam, und die Mannschaft war längst damit fertig, die Netze zu falten und das Boot für den nächsten Tag vorzubereiten. Toni, der auf einen Mann wartete, mit dem er ein Geschäft verabredet hatte, briet inzwischen Fische auf einem kleinen Kohlegrill.

»Ich werde einmal Fischer«, sagte Benjamin.

»Das würde ich dir nicht raten«, sagte Toni. »Es ist ein Beruf ohne Zukunft. Wir«, sagte er, während er die Fische auf dem Grill wendete, »wir sind die letzten Fischer. Als ich in deinem Alter war, wollte ich auch unbedingt zur See. Aber bei mir ist es etwas anderes. Mein Vater war Fischer, mein Großvater war Fischer. Ich kannte das Meer wie das Gesicht des Menschen, den man am meisten auf der Welt liebt. Fünfzehn Jahre lang fahre ich nun schon hinaus und kann vom Meer nicht mehr lassen. Einmal«, fuhr er fort, »einmal habe ich gedacht, es wäre Schluss damit. Mir ist etwas passiert, wonach ich dem Meer zwei Jahre lang den Rücken kehrte. Ich hätte damals nicht gedacht, dass ich zurückkehren würde. Aber ich kam zurück.«

»Was ist denn passiert?«, fragte Benjamin.

Toni servierte ihnen Fisch auf Plastiktellern aus dem Boot, über den er eine scharfe Sauce gab, die er selbst zubereitet hatte. »Es schmeckt sehr gut«, sagte Margalit, die eine Gräte aus den Zähnen zog.

»Der Fisch, den ihr hier esst«, sagte Toni, »ist ein Weißfisch, der sehr zart ist. Heute habe ich nur diese Fische gefangen.«

»Was war denn passiert?«, fragte Benjamin erneut.

»Ich hatte einmal einen Freund. Einen sehr engen Freund. Wir waren zusammen aufgewachsen. Auch sein Vater war Fischer. Wir arbeiteten beide im gleichen Boot. Wie Zwillinge. Wir verstanden uns ohne Worte. Nur mit den Augen. Sein Name war Marco. Ich habe meinen kleinen Sohn nach ihm benannt. Marco war ein Fischer, der die Strömungen am Geruch erkannte. Er wusste instinktiv, wo es Fische gab und wo nicht. Manchmal lachten wir über ihn. Einmal verbrachte er drei Tage lang auf dem Meer, bis er am Ende tatsächlich auf Fisch stieß. Aber das tut nichts zur Sache. Eines Tages fuhren Marco und ich mit noch zwei anderen Fischern hinaus. Normalerweise sind immer fünf Mann auf einem Boot, aber wir sind zu viert rausgefahren. Die See war unruhig. Marco hatte es gleich gesagt. Auf dem Boot hat jeder seine Aufgabe, für die er verantwortlich ist. An diesem Tag hatten wir einen neuen bei uns, einen jungen Kerl ohne Erfahrung. Marco machte sich Sorgen wegen ihm.«

»Wieso machte er sich Sorgen?«, fragte Margalit.

Toni lachte. »Es gibt so einen Aberglauben unter den Fischern, dass jemand Neues auf dem Boot Unglück bringt. Es gibt Fischer, die keinen Neuen mit hinausnehmen. Aber Marco war nicht so, er war in erster Linie ein Mensch. Nun, wir hatten drei Stunden lang an der gleichen Stelle gewartet und das Echolot eingesetzt – ein Gerät, das wie ein Funkgerät funktioniert und das man ins Wasser wirft, damit es die Fische ortet. Plötzlich begann dieser Kerl zu pfeifen. Er pfiff ein, zwei Minuten lang, vor lauter Langeweile pfiff er. Das Netz war schon ausgelegt, und Marco, mein Freund, war in dem kleinen Beiboot. Als wir den Kerl pfeifen hörten, wussten wir nicht mehr, was wir tun sollten. Ich konnte mich nicht von der Stelle rühren. Pfeifen auf See ist das Schlimmste, was man machen kann. Es ist schlimmer, als mit einem Neuen rauszufahren, schlimmer als alles andere. Auch das ist ein Aberglaube von Seeleuten.

Kurzum, Marco war hinten in dem kleinen Boot. Das kleine Boot ist immer an unserem Schiff festgebunden. Und wenn das Netz ausgeworfen wird, muss einer in dem Beiboot sein. Dann«, erklärte Toni, »macht das große Boot eine halbe Drehung um das kleine Boot herum und so wird das Netz ausgelegt. Wenn das Netz ganz ausgebreitet ist, beginnt man es zusammenzudrängen. Man zieht und zieht, und zum Schluss hievt man es mit dem Kran hoch. Marco, der in dem kleinen Boot war, hörte das Pfeifen des Kerls, genau in dem Moment, als das große Boot mit seiner Drehung begann.«

Toni schwieg einen Moment und wischte sich die Hände an einem Lappen ab. »Wollt ihr noch etwas?«, fragte er. Die Kinder schüttelten die Köpfe. »Und dann«, sagte er, verschränkte die Arme und sah zum Ufer, »dann brach der Sturm los. Nicht genau im gleichen Augenblick, aber eine halbe Stunde später. Die Laternen waren schon angezündet. Die Fische, ihr wisst das sicher, lieben das Licht. Es zieht sie an. Sobald es gefährlich wurde, haben wir aufgehört. Wir wollten schnellstens zurück zum Ufer. Aber dafür musste Marco in unser Boot rüberkommen. Keiner von uns wusste, was zu tun war, nur Marco wusste es. Er schrie uns von dem kleinen Beiboot seine Anweisungen zu, doch wir konnten ihn durch das Tosen der Wellen kaum hören. Und dann versuchte er, in unser Boot zu klettern und fiel zwischen die beiden Schiffe. Die Schiffe stießen so zusammen«, Toni schlug in die Hände, »und Marco wurde zwischen ihnen eingequetscht. Er hat anscheinend das Bewusstsein verloren und ist untergegangen.«

»Wie furchtbar«, sagte Margalit und zitterte.

»Man hat ihn zwei Tage später am Strand gefunden, in den Gummikleidern, den Stiefeln und allem. Ich bin drei Tage lang wie irr am Meer entlanggelaufen. Dann habe ich alles aufgegeben. Ich habe alles zurückgelassen. Die ganze Zeit hatte ich das Bild von Marco zwischen den beiden

Booten vor Augen.« Toni schwieg und zündete sich eine Zigarette an.

»Sie rauchen aber viel«, bemerkte Sarah, die in seine geröteten Augen sah.

Toni legte den Kopf in den Nacken und blies den Rauch aus. »Ich kann nicht damit aufhören.«

»Und was war mit dem jungen Kerl?«, fragte Margalit.

»Wen meinst du?«

»Den, der gepfiffen hat.«

»Ach der, ich habe ihn nie mehr wieder gesehen. Er bekam es mit der Angst zu tun und hat sich aus dem Staub gemacht. Er hat sich nicht mehr blicken lassen.« Benjamin sagte nichts. »Heute könnt ihr nicht mehr heimfahren. Es ist schon spät«, bestimmte Toni, »ihr könnt bei mir zu Hause übernachten. Ich habe Platz genug.«

Margalit sah Benjamin an: »Vielleicht ...«, begann sie. Aber Benjamin kam ihr zuvor: »Wir würden uns freuen, bei Ihnen zu übernachten«, sagte er aufgeregt.

Zweiundzwanzigstes Kapitel

Nächtliches Gespräch

Tonis Haus lag im Zentrum des arabischen Teils von Jaffa. Margalit strengte ihre Augen in der Dunkelheit an, aber sie konnte die Häuser nicht voneinander unterscheiden, so sehr waren sie ineinander verschachtelt, wie Kisten unterschiedlicher Größe. In der Wohnung lief der Fernseher. Die Kinder blieben im Flur stehen und hörten, wie Toni auf Arabisch den Grund ihres Besuchs erklärte. »Kommt nur herein«, sagte er schließlich. Vier Kinder in den gleichen Schlafanzügen saßen nebeneinander auf dem langen bunten Sofa, und in einem Sessel, der daneben stand, saß ein schrumpeliger Greis, um dessen Beine eine Decke geschlungen war. »Das ist Vater«, stellte Toni den alten Mann vor. Der alte Mann schüttelte allen die Hände und fragte sie nach dem Wohl ihrer Familien.

»Woher kennt er denn unsere Eltern?«, flüsterte Margalit.

»Es ist bei den Arabern üblich, nach den Eltern zu fragen«, flüsterte Sarah.

Eine junge schwarzhaarige Frau kam ins Zimmer: »Guten Tag«, lächelte sie, »seid ihr Tonis Freunde?« Die Kinder sahen Toni verlegen an.

»Ich glaube, sie sind totmüde«, sagte Toni. »Vielleicht kannst du ein paar Decken für sie herrichten.« Naima – so lautete der Name von »Frau Toni«, wie Margalit sie nannte, brachte Matratzen und Bettzeug und breitete alles auf dem Teppich aus. »Die Mädchen können hier schlafen und die Jungs dort«, erklärte sie. Unter den prüfenden Augen der vier Kleinen auf dem Sofa zogen sie Jacken und Schuhe aus.

»Stört euch der Fernseher?«, fragte Naima.

»Kein bisschen«, beeilte sich Benjamin zu antworten. Sie schlüpften in ihren Kleidern unter die Decken und blieben liegen, ohne sich zu rühren. Später gingen auch die anderen Kinder schlafen. Sie blieben noch einen Moment an der Tür stehen und sahen hinüber zu den Gästen. »War es euer Hund?«, fragte der Älteste. Margalit nickte. Plötzlich dachte sie wieder an Tuwit. Toni versetzte seinen Kindern einen Klaps und sie verließen nacheinander das Zimmer. Schließlich wurden auch der Fernseher und das Licht im Flur ausgeschaltet. Stille breitete sich aus. Margalit, die vor Müdigkeit nicht einschlafen konnte, heftete die Augen auf die gegenüberliegende Wand, an der ein ausgebreitetes Fischernetz hing. Als sie sich an die Dunkelheit gewöhnt hatte, gelang es ihr, die Gegenstände im Zimmer auszumachen. Von der Straße sickerte schwaches Licht in das Zimmer. Neben sich hörte sie Sarahs gleichmäßigen Atem. Margalit dachte daran, was an diesem Tag alles geschehen war, an Tuwit, an den Strand, an dem sie morgens mit Motti gewesen waren, und es kam ihr vor, als wäre alles vor langer Zeit geschehen. Vor Jahren. Auf einer der Matratzen drehte sich jemand um. »Benjamin?«, flüsterte sie.

»Ja«, sagte er mit belegter Stimme, »bist du noch wach?«

»Ja«, sagte sie, »was, glaubst du, ist mit Tuwit passiert?«

Benjamin schwieg. »Ich weiß nicht«, sagte er schließlich, »wir haben sie verloren. Aus und vorbei.«

»Vielleicht ist sie zu uns nach Hause gelaufen«, sagte Margalit hoffnungsvoll.

»Ich weiß nicht, das glaube ich nicht.« Benjamin stand auf und ging zum Fenster.

»Was machst du?«, fragte Margalit.

»Ich sehe einfach raus«, sagte er und schob den Fensterladen ein wenig hoch. »Morgen müssen wir nach Hause zurück«, sagte er.

»Ja«, sagte Margalit und seufzte. »Ich habe das Gefühl, als wären wir zwei Jahre lang nicht mehr daheim gewesen.« Plötzlich beschäftigte sie etwas. »Sag mal«, fragte sie, »was waren das für Pläne, die ich in deiner Schublade gefunden habe? Wolltest du wirklich einen Zirkus gründen?«

»Nun gehst du mir schon wieder mit dieser Sache auf den Geist. Ich habe dir doch schon gesagt, dass das nicht stimmt. Es ist alles nur eines deiner Hirngespinste.«

»Aber du wolltest doch schon vorher nach Tel Aviv fahren«, sagte Margalit stur, »mit diesem komischen Rad.«

»Und wenn schon, na und?« Benjamin ging im Zimmer auf und ab und setzte sich schließlich in den Sessel des Alten.

»Warum denn dann?«, fragte Margalit erneut.

Benjamin schwieg lange. »Ich wollte jemanden treffen«, sagte er schließlich.

Da kam ihr ein schrecklicher Verdacht. Sie sah die gestreiften Umschläge in der Schublade vor sich und sagte wie aus der Pistole geschossen: »Vater?«

»Kann sein«, sagte Benjamin.

»Aber er ist doch gar nicht hier«, sagte sie, »er ist im Ausland, ich weiß es. Auch Madame Rachelle weiß es. Jeder weiß das.«

»Er ist hier«, sagte Benjamin.

Margalit richtete sich auf: »Woher weißt du das, wer hat dir das gesagt?«

»Er selbst«, sagte Benjamin, »er hat mir geschrieben.«

»Er hat dir geschrieben?«

»Nicht mir, uns allen hat er Briefe geschrieben.«

»Und wo sind diese Briefe?«

»Hier, bei mir.«

Margalit schluckte mühsam. »Die ganze Zeit hast du Post von ihm bekommen, ohne etwas zu sagen?«

»Ich habe sie nicht bekommen«, korrigierte Benjamin, »ich habe sie mir genommen.«

Margalit dachte lange nach. »Das verstehe ich nicht«, sagte sie.

»Was gibt es da zu verstehen?« Benjamin stand wieder vor dem Fenster. »Was gibt es groß zu verstehen? Ich habe dem Briefträger jeden Tag ein Päckchen Zigaretten gegeben, und dafür hat er mir die Post gegeben. Vater ist in Tel Aviv«, fuhr er fort. »Aber ich kenne seine Adresse nicht genau. Morgen werde ich mich mit jemandem treffen. Mit einem Freund von ihm. Er weiß bestimmt, wo er wohnt.«

Margalit schwieg. Einen Moment lang dachte sie daran, Benjamin um die Briefe zu bitten, aber sie überlegte es sich sofort anders. Der lange, sonderbare Tag, den sie hinter sich hatte, hatte sie gelehrt, mit Bedacht vorzugehen. Sie legte sich das Kissen zurecht, hüllte sich in die Decke und schloss die Augen.

»Schläfst du schon?«, fragte Benjamin nach sehr langer Zeit.

»Nein«, sagte Margalit mit einer Stimme, die merkwürdig klang, weil sie die Decke über den Mund gezogen hatte. »Ich denke nach.«

»Da ist nichts, worüber man nachdenken müsste«, sagte Benjamin und legte sich wieder hin. »Es ist besser, du schläfst jetzt.«

Draußen heulte die Sirene eines Streifenwagens. Margalit wartete, bis sie sich entfernt hatte, dann sagte sie: »Wolltest du wirklich auch Tuwit suchen?«

»Na klar«, sagte er, »aber auch ihn.« Seine Stimme war schläfrig. Dann sagte er noch: »Schade um sie.« An der Stille erkannte Margalit, dass er eingeschlafen war.

Tiefe Traurigkeit überkam sie. Sie schloss fest die Augen und sah sich allein und klein wie ein Punkt auf einem Blatt, und um sie herrschte Kälte und alles war fern und weiß.

Tausende von Kilometern war sie von ihrem Zuhause entfernt, von dem Haus in der Ha-Gidem-Straße, von der Nachttischlampe, die bis zum Morgen neben dem Bett ihrer Mutter brannte.

Dreiundzwanzigstes Kapitel

Madame Rachelle ist beleidigt

Während die Kinder all dies erlebten, saß Mirjam in ihrer Wohnung und »der Zweifel nagte an ihr«, wie Madame Rachelle es nannte.

Zum ersten Mal seit vielen Monaten war sie nicht zur Arbeit ins Krankenhaus gegangen und die Wohnung war ihr fremd zu dieser Stunde. Die Küchenfensterläden waren staubig, und sie säuberte sie sofort. Aber wie lange kann man sich mit dem Säubern von Läden die Zeit vertreiben? Vor ihr lag also ein ganzer Tag, und sie ging zu Madame Rachelle und setzte sich zu ihr und hörte sich immer wieder die Geschichte an, wie Tuwit gestohlen wurde, und die Sache mit dem Geld, das Madame Karkura rausrücken musste, und die Planung der Fahrt nach Tel Aviv.

»Ich glaube«, sagte Mirjam, die ihre Gedanken sonst nicht laut auszusprechen pflegte, »ich glaube, dass Benjamin nach seinem Vater suchen will.«

Madame Rachelle saß wie üblich in ihrem Sessel. Sie hatte ein Geschirrtuch über den Knien, auf dem ein Teller mit Orangenschalen und einem Messer stand. »Die Orangen sind dieses Jahr vorzüglich«, sagte Madame Rachelle, die die Angewohnheit hatte, Einleitungen zu benutzen, die nicht zur Sache gehörten. »Monsieur Robert«, begann sie, »befindet sich im Ausland, wie wir alle wissen, er reist, den Hut auf dem Kopf, eine dicke Lippe riskierend, von Ort zu Ort.«

»Er ist nicht im Ausland«, sagte Mirjam, die ihren Kopf auf die Stuhllehne legte. »Er ist nicht im Ausland. Er ist hier, in Tel Aviv.«

Als Allererstes setzte Madame Rachelle die Brille auf, und nachdem sie ein, zwei Minuten lang nachgedacht hatte, beschloss sie, beleidigt zu sein, weil ihr niemand etwas davon gesagt hatte. »Du hast mir nichts gesagt«, sagte sie, »das war nicht die feine Art. Aber so«, fuhr sie fort, »warst du schon immer. Von Kind an. Selbst dein Vater hat immer behauptet, es sei schwieriger, ein Geheimnis aus Mirjam zu pressen als Wasser aus einem Stein.«

»Vor zwei Wochen«, fuhr Mirjam mit der gleichen gleichförmigen Stimme fort, als hätte sie sich nicht unterbrochen, »vor zwei Wochen habe ich einen Bekannten im Krankenhaus getroffen. Es war Izchak, mit dem er mal befreundet war. Izchak hat mir erzählt, dass er gesehen worden ist, wie er sich in Tel Aviv herumtreibt.«

Madame Rachelle schnaubte verächtlich: »Einem Mann zu glauben, ist wie Wasser in einem Sieb auffangen zu wollen. Ich muss mich über dich wundern.« Sie richtete sich bedeutungsvoll in ihrem Sessel auf. »Ich muß mich doch schwer wundern, dass du ihm glaubst.«

»Ich glaube ihm«, sagte Mirjam mit dünner Stimme, »ich weiß, dass Robert in einer schlimmen Verfassung ist. Ich weiß auch, dass Benjamin ihn besuchen will. Schon seit ein paar Monaten gibt er dem Briefträger Zigaretten, damit er ihm die Briefe aushändigt, die ich nicht sehen soll. Benjamin weiß, wo er steckt.«

Madame Rachelle sperrte erstaunt den Mund auf. Sie wunderte sich, wie all diese spektakulären Dinge an ihr vorübergehen konnten, ohne dass sie etwas davon wusste. »Na wunderbar«, sagte sie auf Französich, und dann sagte sie noch mal: »Na wunderbar.«

Als sie zum dritten Mal den Mund aufmachte, um »na wunderbar« zu sagen, unterbrach Mirjam sie und sagte scharf: »Erspar mir das bitte. Ich habe auch so genug um die Ohren.«

Madame Rachelle faltete schweigend das Geschirrtuch

und häufte die Schalen am Rand des Tellers. Sie hätte gerne mehr gesagt und mehr gehört, aber ihr Stolz und ihre Kränkung hinderten sie daran. Aber nichtsdestotrotz, weil sie Gespräche ohne Fazit nicht leiden konnte, fühlte sie sich genötigt zu sagen:»Weißt du, Mirjam, das Schlechteste wäre, wenn ihr beiden euch wieder zusammentätet, du und Robert.«

Dann wiederholte sie ihren Lieblingsspruch:»Dieser Robert ist wie ein schiefer Pfosten, und wenn er tausend Jahre in der Erde steckte, würde er doch nicht gerade.«

Mirjam stand auf, ging zur Tür und sah nach draußen. »Ich mache mir Sorgen um die Kinder«, sagte sie,»das ist jetzt mein größtes Problem. Wer weiß, wo sie stecken und was sie treiben. Es war ein Fehler«, sagte sie,»dass ich Benjamin damals nicht ins Internat geschickt habe. Alles habe ich falsch gemacht.«

Ihre Stimme zitterte sehr bei ihrem letzten Satz. Madame Rachelle, die ein derart großes Maß an Trauer nicht aushielt und sich beeilte zu sagen:»Sie haben sich auf die Fahrt gefreut. Das Wichtigste ist, dass sie sich darauf gefreut haben. Wenn Benjamin seinen Vater trifft, was ist dabei? Dann soll er ihn halt treffen, sollen sie sich beide freuen und jeder dahin zurückkehren, wo er herkommt. Es ist nichts passiert.« Sie stand auf und sagte in einem Atemzug:»Ich gehe zu Madame Karkura. Sie schuldet mir noch fünf Lirot.«

Vierundzwanzigstes Kapitel

Herr Izchak und seine schöne Verlobte oder das nicht stattgefundene Treffen

Der untersetzte Mann mit der karierten Jacke ging in der großen Kaufhaushalle auf und ab, bis er den Verkäuferinnen auf die Nerven ging. In seiner rechten Hand hielt er einen fleckigen, zerknüllten Zettel. In seinem Mundwinkel hing eine Zigarette, deren Asche hin und wieder zu Boden fiel. Seine grauen Hosen waren zu lang und fegten über den Fußboden, und seine Hände mussten schwitzen, denn er wischte sie dauernd mit einem großen Taschentuch trocken. Sein Gesicht fiel durch seine Rundlichkeit auf: aufgedunsene rote Wangen, ein paar eng beieinander stehende Augen und ein Schädel, der an einen Baseball erinnerte, auf dem ein Toupet ruhte, das man dort achtlos abgelegt hatte und das wie ein benutzter Schwamm aussah.

Auf der Bank in der Ecke saß eine etwa fünfunddreißigjährige Frau und blätterte in einer Illustrierten. Ab und zu hob sie die Augen, die auffallend ausdruckslos waren, und fragte:»Na?« Etwas an ihrer Gegenwart zog die Aufmerksamkeit der kommenden und gehenden Kunden an, denn sie warfen ihr neugierige Blicke zu: Sie hatte dichtes, schwarzes Haar und eine sanfte Gesichtsform, die an ein Rosenblatt erinnerte. Von Kopf bis Fuß war sie schwarz gekleidet, bis auf die bunte lange Kette, die fast bis zu den Knien reichte. Insbesondere beeindruckten ihre großen blauen Augen, die wunderschön gewesen wären, wäre da nicht dieser stumpfe und regungslose Ausdruck gewesen. Zu ihren Füßen lagen zwei honigfarbene Pekinesen namens Pat und Paterchon. Paterchon, das Männchen, war reglos wie die Frau, aber Pat zeigte den Kindern, die versuchten, sie zu streicheln, ihre scharfen Zähne.

»Wir werden noch ein Viertelstündchen warten, dann gehen wir«, sagte der Untersetzte und starrte auf den Eingang: »Ich weiß nicht mal, wie er aussieht.«

»Sicher ähnelt er Robert«, stieß die Frau hervor.

Der Untersetzte sah sie an, als fiele ihm etwas ein. Er setzte sich neben sie auf die Bank und nahm ihre Hand, die wie ein Gegenstand auf ihren Knien ruhte: »Und wir beide heiraten also nächste Woche?«, fragte er gefühlvoll.

Sie zuckte die Achseln. »Zuerst findest du den Jungen.«

Der Untersetzte, wie ihr längst erraten habt, war Herr Izchak, dem Benjamin geschrieben hatte. Er zündete sich noch eine Zigarette an und sagte: »Ich habe gar nicht gewusst, dass Robert einen Sohn hat. Er hat es mir nie erzählt.«

»Hast du überhaupt mit ihm gesprochen«, sagte sie und legte die kleine Pat an ihren Hals, genau an die Stelle, wo das Schlüsselbein war.

Herr Izchak schüttelte den Kopf. »Ich habe ihn ein- oder zweimal auf der Straße gesehen und so getan, als hätte ich ihn nicht bemerkt.«

»Warum denn das?«, fragte die Frau, aber ihr gelangweilter Gesichtsausdruck verriet, dass die Antwort sie nicht sonderlich interessierte.

»Warum?«, sagte Herr Izchak, der wieder anfing auf und ab zu marschieren. »Ich wußte, dass er mich wieder anpumpen würde. Er sieht nicht gut aus. Ganz auf den Hund gekommen.«

»Du bist selbst auf den Hund gekommen«, bemerkte die schöne Frau.

Herr Izchak gab ihr keine Antwort. Er starrte nachdenklich geradeaus. »Schade um ihn«, sagte er. »Früher, vor ein paar Jahren, war er noch jemand. Heute ist das anders.«

»Wovon lebt er überhaupt?«, fragte die Frau und beugte sich vor, um ihre Schnürsenkel zu binden.

»Was weiß ich, wovon er lebt.« Herr Izchak atmete den Rauch ein. »Er pumpt einen hier und da an und arbeitet ein wenig für unser Büro. Er braucht nicht viel zum Leben.« Herr Izchak schwieg für einen Moment. »Er isst wenig, schläft wenig, nur rauchen tut er viel.«

Paterchon kletterte der Frau auf die Füße und lag dort, als sei dies der bequemste Platz der Welt. »Er kann schön reden, dieser Robert«, sagte die Frau wie zu sich selbst.

»Schön reden, schön reden«, wiederholte er spöttisch mit verzogenen Mundwinkeln. »Das Leben besteht nicht aus schönen Worten.«

»Vielleicht«, sagte die Frau, »aber er ist ein sehr netter Mann.«

Herr Izchak ging zur Eingangstür, lugte durch die Scheibe und kam zurück. »Was für ein Sauwetter!«, sagte er. »Sicher ist er wegen dem Regen nicht gekommen.« Er sah auf die Uhr. »Ich gehe und hinterlege die Adresse an der Information. Soll er sehen, wie er zurechtkommt.«

»Vielleicht warten wir noch ein wenig«, sagte die Frau und sah ebenfalls zur Eingangstür.

Herr Izchak glättete den zerknüllten Zettel. »›Sehr verehrter Herr Izchak‹«, las er laut und lachte, »›sehr verehrter Herr Izchak‹, was er wohl von ihm will?«

»Wen meinst du?«

»Seinen Sohn. Was will er von ihm?«

Die Lippen der Frau wurden schmal und verliehen dem unteren Teil ihres Gesichts einen verächtlichen Ausdruck. »Was ein Sohn von seinem Vater will? Na, ihn sehen. Ist das nicht normal?«

»Was weiß ich?«, sagte Herr Izchak, der sich die Hände wieder mit dem Taschentuch abtrocknete. »Ich wollte meinen Vater nie sehen.«

»Du bist auch ein Sonderfall«, bemerkte die Frau trocken.

»Gut.« Herr Izchak klopfte auf seine Knie. »Wir gehen.«

»Noch einen Moment«, bat die Frau, »was macht es schon aus?«

Herr Izchak sah sie an, als hätte er einen Geistesblitz. »Du hast ihn immer gemocht.«

»Wen?«

»Wen? Was?«, äffte er sie nach. »Diesen Robert. Du hattest immer eine Schwäche für ihn. Ihr habt euch gut unterhalten.«

Die Frau schwieg und ließ die langen weißen Finger durch Pats Fell gleiten. »Er ist ein interessanter Mensch. Es hat mir immer für ihn und seine Frau Leid getan. Er hat sie sehr geliebt. Hast du das gewusst?«

»Er hat mit mir nie über solche Dinge gesprochen. Im Übrigen passt es mir nicht.«

»Was passt dir nicht?«

»Dass du über derartige Dinge mit ihm gesprochen hast. Das passt mir ganz und gar nicht.«

Die Frau schwieg kurz und sagte dann: »Vielleicht hat sein Junge sich verlaufen und findet den Weg nicht.«

»Dem Brief nach zu urteilten scheint er einer zu sein, der weiß, wo es langgeht«, sagte er und kicherte. »Er denkt wohl, er wäre hier im Film. Eine Nachricht an der Information! Wer hat so etwas schon gehört.«

Die Frau warf ihm einen durchdringenden Blick zu. »Könntest du bitte aufhören zu lachen?«

»Was denn?«, lehnte er sich auf, »Lachen ist steuerfrei.«

»Es tut mir in den Ohren weh, wenn du so lachst, und es erschreckt Pat.«

»Na gut«, sagte er, »jetzt reicht es wirklich. Wir warten seit einer Stunde«, sagte er und stand auf. »Ich gehe und lasse ihm an der Information die Adresse seines Vaters da. Wenn er ihn nicht daheim antrifft, ist das nicht mein Bier.«

Die Frau antwortete nicht und sah weiter auf die große Glastür.

»Komm«, sagte er, »auf geht's.«

»Nimm ihn«, sie reichte ihm Paterchon, »und steck ihn unter die Jacke. Er friert.«

»Der Hund ist dir wichtiger als ich«, knurrte er.

»Was hast du gesagt?«, fragte sie.

»Nichts, nichts«, stieß er hervor. »Ich habe die Nase voll von diesen Tieren, die mich an Fische erinnern.«

»Sie haben die Nase genauso voll von dir. Du hast keine Ahnung, wie man einen Hund richtig trägt.«

Sie standen auf und gingen raus. Die schöne Frau ging als Erste, und Herr Izchak rollte hinter ihr her, den Hund Paterchon auf dem Arm, der aus irgendeinem Grund zu bellen begann.

Fünfundzwanzigstes Kapitel

Im Kaufhaus Schalom

Die Allenby-Straße in Tel Aviv erinnert einen an eine aufdringliche Tante: Zuerst bietet sie dir Zuckerkuchen an und dann alles auf einmal, Suppe, Bonbons und Eis, dann springt sie auf, öffnet ein Fenster, möglicherweise ist dir warm, fragt dich in einem Atemzug nach dem Befinden deiner Mutter und deiner Schwester und erzählt dir in allen Einzelheiten, was sie selbst am Vortag erlebt hat. So ist die Allenby-Straße in Tel Aviv: Nie wird sie müde, einem Dinge anzubieten. Die Restaurants, die Kleider- und Schuhgeschäfte nehmen kein Ende und auch die bunten Stände mit den piepsenden Uhren, Radios und Schnürsenkeln nicht. Ich hatte ernsthafte Befürchtungen, die Kinder in dem großen Gewühl aus den Augen zu verlieren. Außerdem war es ein trüber Tag und es sah nach Regen aus. Aber da entdecke ich auf einmal den Zipfel von Margalits roter Jacke an einer Kreuzung in der Nähe des Karmelmarktes. Sie hat ihre große Tasche über der Schulter, die nicht zu übersehen ist.

An diesem Morgen hatten die vier sich von dem sagenhaften Toni verabschiedet, der darauf bestanden hatte, ihnen die Summe, die er für die Hündin bezahlt hatte, zu geben. In diesem Augenblick fingen Benjamin und Sarah Antabi, die auf dem direkten Weg nach Hause zurückkehren wollte, an zu diskutieren.

»Ich habe die Nase voll von diesen Kindereien«, sagte Sarah. Ich sagte schon, dass sie eine eigene Art hatte zu sprechen: Die Worte kamen abgehackt, scharf und knapp aus ihrem Mund.

»Nur noch ein paar Stunden«, antwortete ihr Benjamin ohne sie anzusehen.

Margalit sah abwechselnd zu den beiden und zum Geschehen auf der Straße. Sie war total erschöpft. Die Ereignisse der vergangenen Nacht, der Verlust von Tuwit und Benjamins Pläne machten sie traurig und verwirrten sie, und sie konnte nicht sagen, was größer war, die Trauer oder die Verwirrung. Es begann zu regnen und die halbe Stunde, in der die Kinder sich in der Allenby-Straße unterstellten, war offensichtlich entscheidend. Denn genau um diese Zeit rauchte Herr Izchak seine Zigarette und seine schöne Verlobte beruhigte die unzufriedenen Hunde Pat und Paterchon.

Jedenfalls kam es nicht zu dem Treffen. Benjamin war fest entschlossen, trotz der Verspätung zu dem Kaufhaus zu gehen, und darum setzten sie ihren Weg fort, als der Regen nachgelassen hatte.

Die Bank in der Vorhalle des Kaufhauses, auf der kurz zuvor Herr Izchak und seine schöne Verlobte gesessen hatten, war leer. Auf dem Boden lagen Zigarettenkippen und goldene Waffelpapierchen herum. Benjamins Augen wanderten direkt zum Informationsschalter. »Wartet einen Augenblick hier. Ich bin sofort zurück«, sagte er und ging. Nissim machte sich inzwischen daran, den Automaten zu bedienen, an dem man warme Getränke ziehen konnte. »Eine tolle Erfindung«, sagte er begeistert.

Margalit ließ sich auf die Bank fallen. Sie beobachtete Benjamins Gesten und die Bewegungen seiner Lippen, während er mit den Damen am Informationsschalter sprach. Müdigkeit und dumpfe Gleichgültigkeit überfielen sie. Und wenn jemand behauptet hätte, ihre ausgestreckten Beine seien jemals wieder in der Lage aufzustehen und zu laufen, hätte sie es nicht für möglich gehalten.

»Er hat eine Adresse hinterlassen«, sagte Benjamin, als

er zurückkam.»Mist, dass ich ihn verpasst habe. Er ist erst vor einer Viertelstunde gegangen.«

»Und was nun?«, fragte Sarah ungeduldig.

»Jetzt«, Benjamin zog die Stirn in Falten,»müssen wir die Wolfson-Straße suchen. Dort wohnt er nämlich.«

»Vielleicht ruhen wir uns zuerst ein wenig aus«, bettelte Margalit.

»Gut.« Benjamin war einverstanden und setzte sich neben sie auf die Bank.

Der Wachmann am Eingang kam auf sie zu.»Kann ich euch behilflich sein?«, fragte er höflich.

»Nein danke«, antwortete Margalit,»wir warten hier nur.« Der Mann sah sie noch einen Moment an, dann ging er.

»Was geht es ihn an, was wir hier tun«, sagte Sarah.

»Vielleicht macht er nur seinen Job«, nahm Margalit den Mann in Schutz.

»Vielleicht sollten wir auf die Aussichtsplattform fahren, wenn wir schon hier sind«, schlug Benjamin vor.

»Ich warte unten«, verkündete Nissim, der sich nicht von dem Automaten losreißen konnte.

Zu dritt gingen sie zum Aufzug. Sie pressten sich gegen die Wand und machten den Kunden Platz, die von dem Fahrstuhl verschluckt wurden, als wäre er der Rachen eines gewaltigen Tiers. Gespannt sahen sie auf die Tafel, die mit dem Aufleuchten von Lämpchen die Stockwerke anzeigte.

»Wie hat man es geschafft, so ein hohes Haus zu bauen?«, flüsterte Margalit.

»In Amerika gibt es noch höhere Gebäude«, sagte Benjamin bedeutungsvoll.

»Wolkenkratzer«, korrigierte Sarah ihn.

»Ja, Wolkenkratzer«, stimmte er zu.

Die Türen des Fahrstuhls öffneten sich im letzten Stockwerk, und sie gingen nacheinander hinaus.»Wo ist hier die

Aussichtsplattform?«, fragte Benjamin einen Mann mit Schirmmütze, der eine Karte studierte. Der Mann lächelte und zuckte die Achseln:»Nix Hebräisch«, sagte er mit ausländischem Akzent.

Auf der rechten Seite stand ein Kiosk mit Souvenirs: Kamele aus Olivenholz, golden und silber bestickte Käppchen, grüne Steine aus Elat, lange Kleider.»Dürfen wir mal auf die Aufsichtsplattform?«, fragte Benjamin einen jungen Mann, der am Eingang zur Terrasse stand und Kaugummi kaute.

Der junge Mann sah sie an:»Nichts ist unmöglich«, sagte er,»aber seid ihr denn in Begleitung eines Erwachsenen? Kinder dürfen nicht ohne Begleitung eines Erwachsenen raus.«

Benjamins Gesicht wurde ernst:»Ja, wir sind in Begleitung eines Erwachsenen«, sagte er.

»So?«, fragte der junge Mann und bewegte den Kaugummi mit der Zunge von einer Seite seines Mundes zur anderen.»Wo ist er denn?«

»Dort hinten.« Benjamin zeigte auf den Touristen mit der Schirmmütze, der noch immer in die Karte vertieft war.»Das ist unser Onkel aus Amerika«, fügte er hinzu.

Der junge Mann sah den Touristen misstrauisch an. »Wirklich?«

»Fragen Sie ihn doch«, sagte Benjamin gleichgültig.

»Gut«, der junge Mann war einverstanden,»geht raus.«

Die lange, mit hohem Stacheldraht umzäumte Brüstung war nass und glitschig vom Regen. Die Kinder knöpften sich die Jacken zu, lehnten sich gegen den Zaun und sahen nach unten auf die Stadt und auf das Meer.

»Wie schön«, sagte Margalit leise.

»Wie klein die Autos von hier aussehen«, lachte Sarah, »wie Kakerlaken.«

»Ich würde gerne hier wohnen, so hoch oben«, fügte Margalit hinzu.

»Seht mal her«, zeigte Benjamin, »man sieht von hier den Hafen von Jaffa. Ich wüsste zu gerne, wo Toni jetzt ist«, sagte er wie zu sich selbst.

»An einem Tag wie heute ist er bestimmt nicht aufs Meer gefahren«, meinte Sarah.

»Ich bin sicher, dass er hinausgefahren ist«, sagte Margalit begeistert.

Benjamin atmete tief ein. »Das Meer ist das Schönste, was es gibt«, sagte er. Aus den Augenwinkeln sah er, wie der Tourist mit der Schirmmütze auf die Terrasse trat. »Kommt, wir gehen«, sagte er und eilte Richtung Ausgang.

Sechsundzwanzigstes Kapitel

Monsieur Robert in der Lüster-Straße

Wie schön!«, rief Margalit, als ihnen der Sonnen-
blumenkernverkäufer erklärte, woher die Straße
ihren Namen hatte. Benjamin stieß sie mit dem Ellbogen
an:»Schrei doch nicht so laut«, sagte er. Dann ging er vor
ihnen her.»Hier sind wir richtig«, sagte er. Die Straße, in
der sie standen, war die Wolfson-Straße, die auch als Lüs-
ter-Straße bekannt war: Es gab hier Dutzende von Geschäften und in allen wurden Lampen verkauft.
Riesige Kronleuchter mit Kristalltropfen, die an dicken, goldenen Ketten hingen. Bestickte Lampenschirme,
spitze und runde, bunte und flache, Stehlampen und
Lampen mit Tintenfischarmen, Leuchten mit einer einzigen Birne in der Form einer Channukkakerze, perlen-
geschmückte Lüster und bescheidene Lampen für die
Wand, lila und rote, gestreifte, transparente und un-
durchlässige Lampenschirme und dazwischen die Verkäufer, beinahe arbeitslos, wie Wächter in einem geheim-
nisvollen Garten.»Das ist die Straße«, sagte Benjamin
immer wieder. Das Haus Nummer fünfundzwanzig
stand an einer dunklen Ecke, einsam wie ein Kind, das
von einer Feier ausgeschlossen wurde, die ein paar
Schritte weiter stattfand.»Ich warte hier auf euch«, sagte
Nissim plötzlich.
»Warum?«, wunderte sich Benjamin.
»Darum«, sagte er. Er suchte sich eine staubige Stufe,
setzte sich und holte die Tütchen mit den Kernen aus der
Tasche.»Ich habe zu tun«, sagte er.
Das Licht im Treppenhaus funktionierte nicht, und sie

mussten sich in der Dunkelheit vortasten. »Schade, dass wir keine Streichhölzer haben«, sagte Margalit. »Ich habe welche«, Sarah zog eine Streichholzschachtel aus der Jackentasche.

Der Schein des Streichholzes, das Benjamin anzündete, fiel auf einen der aufgebrochenen Briefkästen: »Hier ist es«, sagte Benjamin. Er ging als Erster die Treppe hoch. Im vierten Stock zündete Benjamin ein neues Streichholz an und überprüfte die braune Tür. Ein paar Bögen Papier hingen mit einem Bleistift an einer Schnur am Türrahmen. »Ich habe dich gesucht. Leider warst du nicht da«, stand in großen, ungelenken Buchstaben auf dem ersten Zettel. Benjamin klopfte vorsichtig an die Tür, und die Mädchen hielten in der Dunkelheit den Atem an. Dann klopfte er wieder, diesmal kräftiger. Hinter der Tür war ein Rascheln zu hören, dann das Rattern einer Kette. »Wer ist da?«, fragte eine Stimme.

»Ich bin es«, sagte Benjamin.

Die Stimme zögerte einen Moment, dann fragte sie: »Wer ist ich?«

»Benjamin«, antwortete Margalit an seiner Stelle.

Der Schlüssel drehte sich zweimal im Schloss und die Tür öffnete sich einen schmalen Spalt, sodass ein wenig Licht ins Treppenhaus fiel. Ein sehr magerer Mann, groß und gebeugt, stand in einem Morgenmantel da, der mit goldenen Drachen bedruckt war, aus deren Mündern rote und blaue Feuerschweife züngelten. Eine Rauchfahne quoll ihnen entgegen. Monsieur Robert rauchte.

»Hallo«, sagte er räuspernd, »herzlich willkommen.« Sie standen einen Moment schweigend da.

»Ich bin durstig«, sagte Margalit, die die Stille nicht ertragen konnte. Benjamin trat ihr gegen das Schienbein.

»Au!«, rief sie.

»Was ist passiert?«, fragte Monsieur Robert erschrocken.

»Nichts«, sagte Margalit,»mich hat eine Ameise gezwickt.«

»Eine Ameise?«, fragte Monsieur Robert verwundert, als sich alle in den engen Flur der Wohnung zwängten.»Es gibt jetzt keine Ameisen, wir haben Winter.« Sie gingen in die Wohnung.»Es ist nicht aufgeräumt«, sagte Monsieur Robert.»Ich habe mich noch nicht richtig eingelebt.« Er ballte eine Hand in der Tasche seines Morgenrocks zur Faust. Mit der anderen hielt er die Zigarette.

»Papa, die Asche!«, sagte Margalit.

»Stimmt«, sagte Monsieur Robert, der allmählich wieder seine Fassung zurückgewann und Margalit aufmerksam musterte.»Setzt euch«, sagte er und fegte einen Stapel Zeitungen von dem Eisenbett. Die Kinder setzten sich gehorsam nebeneinander.

»Was wollt ihr trinken?«, fragte er und seine Augen blieben bei Sarah hängen:»Wen haben wir denn da?«

»Das ist Sarah Antabi«, antwortete Margalit.»Meine Freundin.«

Monsieur Robert schüttelte ihr die Hand:»Freut mich sehr, Sarah Antabi.«

»Ebenso«, sagte sie und glättete ihren Rock.

»Ich gehe euch etwas zu trinken holen«, sagte er.»Tee. Trinken alle Tee?«

»Ja«, sagte Benjamin.

»Hast du Zitronen?«, fragte Margalit.

Monsieur Robert schüttelte bedauernd den Kopf.»Nein. Ich bin noch nicht zum Einkaufen gekommen. Soll ich dir einen Spritzer Zitronensaft hineintun?«

»Künstlichen?«, fragte Margalit. Monsieur Robert nickte.»Nein danke.« Sie verzog das Gesicht. Monsieur Robert ging in die Küche. Margalit stand auf und sah sich um. Es herrschte ein Riesendurcheinander, Sessel und Hocker in verschiedenen Größen und Formen standen nebeneinander und erinnerten an eine Warteschlange hinkender

Greise. Vor allem hatte Monsieur Robert eine Vorliebe für bemalte Teller, die an den Wänden hingen, und für verschiedene Schnitzereien, die er von seinen Reisen mitgebracht hatte. Neben einer wuchtigen Vitrine mit einer gesprungenen Glastür blieb Margalit stehen. Sie sah sich aufmerksam eine Sammlung kleiner bunter muschelbesetzter Rahmen an. »Hier sind Fotos von mir und von dir«, sagte sie zu Benjamin. »Ich bin hier vielleicht fünf Jahre alt«, sagte sie zu Sarah, die näher kam, um sich die Bilder anzusehen, »und das hier sind mein Vater und meine Mutter bei der Hochzeit. Sieh nur, welche Frisuren sie früher hatten.«

»Deine Mutter sieht sehr jung aus«, sagte Sarah.

»Sie hat mit sechzehn geheiratet«, sagte Margalit. »Stell dir das vor. Sie war nur fünf Jahre älter als wir jetzt.«

Benjamin scharrte nervös mit den Füßen. »Vielleicht setzt ihr euch mal«, sagte er.

»Wieso stört es dich, wenn wir uns ein wenig umsehen?«, beklagte sich Margalit.

Monsieur Robert kehrte zurück und trug ein Metalltablett, auf dem zwei Flamencotänzerinnen abgebildet waren. Auf dem Tablett standen vier Gläser mit Tee und ein Teller Plätzchen. Er schob einen Sessel heran, zündete sich eine Zigarette an und schlug die Beine übereinander: »Erzählt mir, wie es daheim so läuft. Wie geht es Mama?«

»Alles ist in Ordnung«, sagte Benjamin. »Sie arbeitet die meiste Zeit.«

Monsieur Robert blies den Rauch aus. »Immer noch im Krankenhaus?« Benjamin nickte.

»Und Madame Rachelle?«, fragte er.

»Auch alles in Ordnung«, sagte Benjamin.

»Sie hat sich den Knöchel verstaucht«, fügte Margalit hinzu. Dann trank sie vorsichtig einen Schluck von dem Tee. »Heiß«, sagte Margalit, stellte das Glas auf das Tablett und leckte sich die verbrannten Finger ab.

»Wie habt ihr mich gefunden?«, fragte Monsieur Robert.
»Durch den letzten Brief«, sagte Benjamin. »Wir haben
uns an deinen Freund Izchak gewandt.«

Monsieur Robert stützte den Ellbogen auf sein Knie und
das Kinn auf die Handfläche: »Habt ihr euch ein wenig
umgesehen?« Die drei schüttelten die Köpfe. Monsieur
Robert stand auf, und sie folgten ihm, während ihre Blicke
von den goldenen Drachen gefesselt wurden, die auf dem
Morgenrock hin und her wankten. »Hier ist das Zimmer, in
dem ich schlafe«, sagte er und machte die Tür weit auf. Sie
sahen hinein.

»Hast du keinen Schrank?«, fragte Margalit.

»Noch nicht«, sagte Monsieur Robert. Dann gingen sie
auf den Balkon und schauten hinunter. »Von hier aus sieht
man tagsüber das Meer.« Monsieur Robert zeigte in die
Ferne. »Hier weht am Abend ein angenehmer Wind. Ich
sitze dort.« Er zeigte auf einen Liegestuhl, der an der Seite
stand. »Niemand stört mich, und ich schreibe.«

»Was schreibst du denn?«, fragte Benjamin.

»Alles Mögliche«, sagte er und zuckte die Achseln. »Ich
schreibe neue Ideen auf.«

»Papa, die Asche!«, bemerkte Margalit.

»Macht nichts.« Monsieur Robert lächelte und drückte
die Zigarette auf dem Fußboden aus. Die vier lehnten sich
gegen das Geländer. An der gegenüberliegenden Mauer
war eine Aufschrift zu lesen: »Freiheit für Santo Domingo!
Freiheit für Santo Domingo!«

»Wo liegt Santo Domingo?«, fragte Sarah.

»Auf den Karibischen Inseln, glaube ich«, sagte Monsieur Robert und setzte seine Brille auf. »Jemand hat die
Schrift erneuert«, fügte er hinzu.

»Wer denn?«, fragte Margalit verwundert. Sie gingen
zurück ins Zimmer und setzten sich auf ihre Plätze. »Was
schreibst du denn tatsächlich?«, fragte Margalit. »Bücher?«

»Auch«, sagte Monsieur Robert, der diesmal eine Pfeife

stopfte, »aber vor allem schreibe ich Ideen und Vorschläge auf.«

»Aha!«, sagte Margalit und fragte sofort weiter: »Und worum geht es dabei?«

»Um alles Mögliche«, sagte Monsieur Robert. »Ich habe es dir schon gesagt, vor allem um Ideen.«

Margalits Augen fielen auf die Schreibmaschine, die auf dem Tisch in der Zimmerecke stand.

»Und das macht dir Spaß?«, fragte sie. »Machst du das wirklich gerne, Ideen aufschreiben?«

»Nicht immer«, Monsieur Robert zog die Schultern hoch, »aber ich habe keine Wahl. Es gibt Menschen, die in dieser Angelegenheit auf mich zählen. Außerdem«, fügte er hinzu, »schreibe ich zum Zeitvertreib auch meine Memoiren. Mal schreibe ich an den Memoiren, mal schreibe ich meine Ideen auf. So kommt keine Langeweile auf.«

Margalit stand auf und lief im Zimmer herum, während sie an einem Keks knabberte. »Willst du Regierungschef werden?«, bohrte sie.

»Nein, wie kommst du denn darauf?«, fragte ihr Vater verwundert.

»Ich weiß nicht«, sie strich sich das Haar aus der Stirn, »so reden die Leute.«

»Vielleicht weil Sie gesagt haben, dass Sie an Ideen arbeiten«, sagte Sarah nun. Monsieur Robert sah Sarah an und fragte mit einer süßlichen Stimme: »Was macht denn dein Vater?«

»Er repariert Fahrräder«, sagte Sarah. Sie richtete sich auf und saß stocksteif da.

»Und meinst du, das gefällt ihm?«, fragte Monsieur Robert mit der gleichen, sehr sanften Stimme.

»Manchmal ja und manchmal nein«, sagte Sarah.

»Könnte er auch etwas anderes machen?«, fragte er.

»Nein«, sagte Sarah, »ich glaube nicht. Er repariert schon seit vielen Jahren Fahrräder.«

»Bei mir ist es genauso«, sagte Monsieur Robert und zog den Gürtel seines Morgenrocks enger. In seinen schmalen kleinen Augen, die von Falten umrundet waren, flackerte plötzlich ein Funke auf, als ob im Hinterzimmer einer Wohnung das Licht angeknipst werden würde. »Ich kann auch nichts anderes tun. Und auch ich mag es manchmal und manchmal nicht.«

»Und welche Vorschläge hast du zur Zeit?«, war auf einmal Benjamins Stimme vorsichtig und hartnäckig zugleich zu hören.

»Jetzt? Meinst du in diesen Tagen?« Monsieur Robert stand auf und ging zu dem großen Tisch, auf dem verschiedene Papiere herumlagen. »Zur Zeit arbeite ich an zwei unterschiedlichen Ideen. Zum einen«, sagte er aufgeregt und ließ die Finger über seinen Hinterkopf gleiten, »an der Gründung eines Unternehmens, das Kaffee und sprechende Papageien aus Afrika importiert. Ein todsicheres Geschäft. Ich weiß, wovon ich spreche, denn ich war dort. Und dann habe ich noch eine Idee, ich will eine israelische Illustrierte herausgeben, mit Fotos, wie es sie im Ausland gibt, seht euch das an.« Er legte zwei bunt bebilderte Illustrierte in Benjamins Schoß.

Benjamin blätterte vorsichtig und Margalit lugte über seine Schulter. »Schöne Bilder«, sagte sie beeindruckt.

»So ist es«, Monsieur Robert streckte sich und verschränkte die Arme im Nacken, »wunderbare Bilder. Die Sache wird ein Renner. Keiner hat bisher daran gedacht.«

Etwas an seiner hohen, begeisterten Stimme ließ Margalit von der Zeitschrift aufsehen. Sie musterte sein Gesicht. »Sprechende Papageien?«, wiederholte sie langsam. Plötzlich hatte sie das Gefühl, dass etwas in ihr zu Boden sank.

»Ja«, sagte er, »ich habe selbst drei Exemplare nach Frankreich eingeführt. Es war ein sensationeller Erfolg. Ich habe hier sogar ein Foto von ihnen, wenn ich es in dem Durcheinander finde«, murmelte er vor sich hin, wobei er in dem Papierhaufen kramte.

»Wo war es denn noch?«

»Ich glaube, es stimmt«, sagte Margalit plötzlich. Ihre Augen füllten sich mit Tränen.

»Was stimmt?«, fragte er mit dem Rücken zu ihr.

»Ich glaube, es stimmt, was Madame Rachelle und Mutter sagen, dass du in den Wolken schwebst.«

Monsieur Robert drehte sich um und sah ihr in die Augen: »Deine Mutter, Margalit«, sagte er, »ist eine sehr liebe und ehrliche Frau. Das ganze Leben lang war sie gut und aufrichtig, und ich habe den größten Respekt vor ihr. Respekt«, wiederholte er, »das ist das richtige Wort. Aber es gibt Dinge, es gibt Bereiche, die sie nicht verstehen kann. Das ist nicht ihre Schuld. Genauso, wie ich nichts vom Nähen verstehe.«

»Ja«, sagte Margalit und blinzelte. »Du hast Recht.«

Benjamin stand auf. Seine Lippen waren blutleer. »Wir müssen los«, sagte er.

»Schon?«, wunderte sich Monsieur Robert. »Monatelang habe ich euch nicht gesehen, und dann rennt ihr schon nach einer halben Stunde wieder weg?«

»Wir müssen gehen«, sagte Benjamin erneut.

»Wir bleiben noch«, sagte Margalit fest. »Wir bleiben noch, denn ich bin noch nicht fertig, hörst du? Ich will wissen, ob er wieder nach Hause kommt. Ich verstehe das alles nicht. Bist du ein Kommunist?«, wandte sie sich an Monsieur Robert. »Ich will wissen, ob das stimmt, was die Leute sagen. Ich will das jetzt wissen.« Sie stampfte mit dem Fuß auf.

»Wie kommst du denn darauf?« Monsieur Robert fuhr sich verlegen über den Schnurrbart. »Woher hast du diesen Quatsch?«

»Wenn du keiner bist«, fuhr sie mit der gleichen lauten

Stimme fort, »wenn du es nicht bist, kommst du dann zurück nach Hause oder nicht? Das will ich wissen.«

»Ich kann nicht«, sagte er flüsternd.

Sie schwieg einen Moment. »Gut«, sagte sie schließlich.
»Gut.«

»Ich werde euch sagen, was wir machen«, sagte Monsieur Robert und ließ eilig die Augen von einem zum anderen wandern. »Ich werde euch sagen, was wir machen. Wir
gehen etwas Köstliches essen, und dann bringe ich euch
mit dem Taxi nach Hause zurück. Ein großes Taxi für uns
alle, ist das nichts? Was meint ihr dazu?«

Siebenundzwanzigstes Kapitel

In Katzes Restaurant

Na, wie findet ihr es hier?«, fragte Monsieur Robert, der die Hand über sein gestreiftes Jackett gleiten ließ. Er sah bekümmert auf seine schwarzweißen Schuhe. »Ich hätte sie putzen sollen, aber jetzt ist es nicht mehr zu ändern.«

Benjamin legte die Illustrierten zurück auf den Tisch.

»Nehmt sie ruhig mit«, sagte Monsieur Robert und band sich die Krawatte. »Ihr könnt sie zu Hause anschauen.« Margalit steckte die Illustrierten in ihre Tasche, und sie machten sich auf den Weg. Monsieur Robert hinterließ einen großen Zettel an der Tür: »Zur allgemeinen Information: Ich bin in Katzes Restaurant«.

Unten im Treppenhaus trafen sie Nissim, der sich im Weitspucken trainierte. Als er die vier kommen sah, sprang er auf. »Nissim Kastariano«, sagte Monsieur Robert mit einem breiten Grinsen und streckte ihm seine breite Hand entgegen. »Ich erinnere mich genau an dich.« Der verlegene Nissim wischte sich die Hand an der Hose ab und reichte sie Monsieur Robert.

»Ist es weit?«, fragte Margalit.

»Nein«, sagte Monsieur Robert mit einer abwinkenden Handbewegung. »Ein Katzensprung. Es wird gut tun, ein wenig frische Luft zu schnappen«, fügte er hinzu und zog die Jacke enger um den Körper. »Ich gehe gerne am Abend ein wenig spazieren.«

»Gehst du oft dorthin zum Essen?«, fragte Margalit.

»Nur jeden zweiten Tag. Ich will niemandem zur Last fallen.«

Benjamin ging als Letzter. Er hatte den Kopf zwischen die Schultern gezogen. »Seit ich in dieses Land zurückgekommen bin, hat sich alles so verändert«, sagte Monsieur Robert, »hier ändern sich die Dinge besonders schnell. Aber unterm Strich«, fügte er wie zu sich selbst hinzu, »ist und bleibt dieses Land dasselbe elende Loch.«

»Wieso denn das?«, lehnte sich Sarah auf. »Wieso ein elendes Loch?«

»Die Menschen hier haben keinerlei Lebensart. Sie genießen das Leben nicht«, sagte Monsieur Robert. Er winkte einem Mann, der auf dem gegenüberliegenden Bürgersteig ging. »Das ist Salomon«, erklärte er ihnen, »ein lieber alter Freund.«

Katzes Restaurant, zu dem sie unterwegs waren, lag in der Mitte einer engen Gasse mit einstöckigen Häusern. Die Glastür war geschlossen, aber dahinter hörte man ein Radio. Monsieur Robert klopfte an.

»Robert!« Der Mann, der ihnen die Tür öffnete, war verdutzt. »Ich dachte, du kommst heute nicht.«

»Ich habe Gäste mitgebracht«, sagte Monsieur Robert und wischte sich die Schuhe an der Fußmatte ab. »Das hier ist meine Tochter Margalit, und dies ist Benjamin, mein Sohn«, er ließ die Hand über Benjamins Kopf gleiten, doch Benjamin wich aus.

Das Restaurant war leer. An dem letzten Tisch in der Nähe der Küche saß eine Frau, die sie keines Blickes würdigte. Monsieur Robert ging auf sie zu: »Guten Tag, gnädige Frau«, sagte er und küsste ihre Hand.

»Geht das schon wieder los?«, murrte sie.

Der Restaurantbesitzer, den Monsieur Robert ihnen als Herrn »Katze« vorstellte, deckte ihnen den Tisch. »Schaschlikspieße, ein paar Beilagen, die ganze Palette«, sagte Monsieur Robert. »Bring von allem etwas und wärm uns das Fladenbrot auf!«

Die Kinder setzten sich. »Na, was sagt ihr dazu?«, fragte

Monsieur Robert, und seine Augen wanderten durch das Lokal. »Was für einen Empfang man uns hier bereitet.« Er klopfte nervös auf den Tisch. »Hier ist es nicht so elegant wie im Ausland, aber gemütlich. Ich schätze die gemütliche Atmosphäre sehr.«

Die Kinder kauten Oliven und eingelegte Gurken. »Warum heißt er Katze?«, fragte Sarah.

»Er heißt eben so«, sagte Monsieur Robrt, »seit ich ihn kenne, ist er für alle die ›Katze‹. Dies hier ist nicht sein einziger Laden. Er hat noch ein Taschengeschäft und einen Stand in der Allenby-Straße, wo Armbanduhren ausländischer Marken verkauft werden. Er hat mir eine Uhr geschenkt.« Er krempelte den Ärmel hoch und zeigte die dicke Uhr an seinem Handgelenk.

Margalit sah sich die Uhr aus der Nähe an. »Sie hat ja gar keine Ziffern«, sagte sie.

»Es ist eine Digitaluhr, sie hat einen eingebauten Wecker.« Monsieur Robert berührte einen der Knöpfe und ein eintöniger Pfeifton erklang. »Hört ihr?« Sein Gesicht strahlte vor Freude. Katze tauchte aus der Küche auf und trug ein großes Tablett, auf dem kleine Salatteller standen. Monsieur Robert tunkte ein Stück Fladenbrot in die Soße: »Das habe ich vermisst, als ich weg war«, sagte er, »die französische Küche ist exzellent, aber so etwas findet man dort nicht.«

»Was hast du denn in Frankreich gemacht?«, fragte Margalit und legte sich fast auf die Salate, weil sie einen entfernten Teller erreichen wollte.

»Viele Dinge«, sagte Monsieur Robert, der den Teller näher zu ihr heranschob. »Ich hatte ein paar Treffen mit wichtigen, einflussreichen Leuten. Ich habe fast zwanzig Stunden am Tag gearbeitet. Mein wichtigstes Treffen war das mit dem Herausgeber dieser französischen Illustrierten, die ich euch gezeigt habe. Das war ein Erlebnis«, lachte er.

»Was war es denn für ein Erlebnis?«, fragte Sarah neugierig.

»Ich bin auf einer Cocktailparty in der Botschaft und plötzlich fühle ich«, Monsieur Robert legte sich die Hand auf die Schulter, »fühle ich hier eine Männerhand. Ich drehe mich um und sehe einen schlanken Herrn, elegant und geschmackvoll gekleidet, der mir sagt: ›Monsieur Robert, ich habe viel von Ihnen gehört‹. Er sagte es auf Englisch und dann auf Französisch: ›Monsieur Robert, ich habe viel von Ihnen gehört.‹«

Benjamin richtete sich auf seinem Stuhl auf, und sein Gesicht verfinsterte sich. »Warum isst du nichts?« Monsieur Robert sah ihn fragend an. »Greif zu, es schmeckt köstlich.«

»Ich habe keinen Hunger.«

»In deinem Alter hast du keinen Hunger?«, wunderte sich Monsieur Robert. »Gut, wo waren wir stehen geblieben? Ach so, dieser Mensch war von äußerster Wichtigkeit. Später entstand zwischen uns eine große Freundschaft. Aber am meisten liebte ich es«, fügte er hinzu und schnippte die Asche seiner Zigarette auf den Boden, »am meisten liebte ich es, herumzulaufen und mich umzusehen. Es gibt in Paris viele junge Leute, die Musik machen, oder Akrobaten, ich hätte stundenlang dort stehen bleiben und ihnen zusehen können.«

Katze servierte mit verschlossener Miene Teller mit Fleischspießen. »Für mich nicht«, sagte Monsieur Robert, »ich bin satt.« Er nagte an einer gebratenen Kartoffel. »Schmeckt es euch?«

»Sehr«, antwortete Nissim mit vollem Mund.

Dann stand Monsieur Robert auf und flüsterte mit Katze in der Ecke. »Kommt nicht in Frage«, war Katzes zornige Stimme zu hören.

»Bis morgen, nur bis morgen«, bettelte Monsieur Robert.

Margalit sah, wie Katze schließlich drei Scheine aus der Kasse zog und sie Monsieur Robert reichte.

»Aber vergiss es nicht«, sagte Katze.

»Traust du mir nicht?« Monsieur Robert steckte die Scheine in die Tasche und sein Gesicht hellte sich wieder auf.

Er ging auf die Kinder zu: »Seid ihr so weit? Ich schlage vor, wir bestellen das Taxi. Es kann dauern, bis es kommt.«

Margalit wischte sich mit der Serviette den Mund ab. »Ich bin fertig«, sagte sie.

Achtundzwanzigstes Kapitel

Margalit schreibt ihre Erinnerungen auf

Liebste Netanya,

mein Kopf tut weh, sodass ich nicht weiß, ob es mir gelingen wird, dir auch nur einen einzigen ordentlichen Satz zu schreiben. Um den Kopfschmerz zu überwinden, tat ich, was Madame Rachelle mir riet: Ich zog mich aus und legte mich, ohne mich zu rühren, in ein dunkles Zimmer mit feuchten Handtüchern auf der Stirn. Ein- oder zweimal sprang ich erschrocken auf, denn ich dachte, ich müsste sterben: Das Blut pochte mir in den Schläfen, und mein Puls raste. Aber ich bin noch unter den Lebenden, wie du siehst. Ich habe vergessen, nach deinem Wohlergehen zu fragen, wie geht's?

Madame Rachelle hat mir erzählt, dass deine Gelbsucht sich gebessert hat und dass du schon in der Lage bist, normale Kost zu essen, aber sag mal, bist du noch immer gelb? Ich habe noch nie jemand Gelbes gesehen, außer auf den Bildern von Chinesen, die ja ein gelbes Volk sind.

Ich weiß wirklich nicht, wo ich anfangen soll, und obwohl ich versuche, mich auf die Empfehlungen von Herrn Dagani zu konzentrieren, dass man mit dem Anfang anfangen soll, in der Mitte fortfahren und mit dem Schluß enden sollte, scheint es mir plötzlich, dass das Ende wichtiger ist als der Anfang und die Mitte noch wichtiger als das Ende. Madame Rachelle sagt, wenn ich wirklich erwachsen bin, werde ich mich auf mich verlassen und werde diplomatisch handeln, wenn andere mir Ratschläge erteilen. Aber inzwischen, zu meinem Leidwesen, glaube ich, dass Herr Dagani der klügste und gebildetste Mensch von allen ist, die mir je begegnet sind: Stell dir vor, er ist gleich gut in Hebräisch und Mathe und beherrscht drei Sprachen.

Ich werde mit dem, was genau vor einer Woche passiert ist, beginnen. Mit dem Abend, an dem wir von der unglücklichen Fahrt nach Tel Aviv, die keine Früchte trug, wie du bereits weißt, zurückkamen. Vater brachte uns alle, Benjamin, mich, Sarah Antabi und Nissim, mit einem roten Taxi heim, und die Fahrt verging so schnell, dass es kaum zu glauben ist, wie groß der Unterschied zwischen einer Bus- und einer Taxifahrt ist. Neben dem Haus warteten schon Sarahs Vater und Nissim Kastarianos Mutter, die sie mit nach Hause nahmen. Mutter saß in der Wohnung und weigerte sich rauszukommen. Sie wollte warten, bis Vater wegfuhr, aber er fuhr natürlich nicht sofort wieder, sondern ging ins Haus und sprach eine halbe Stunde lang mit ihr. Ich wäre gerne reingegangen, aber Benjamin erlaubte es mir nicht, und wir beide gingen zu Madame Rachelle, die einen Haufen Fragen stellte, die sie selbst beantwortete, denn weder Benjamin noch ich konnten etwas sagen.

Benjamin legte sich auf Madame Rachelles Bett, starrte an die Decke und schwieg, und ich glaube, dass ich zum ersten Mal im Leben sicher wusste, was er dachte. Die ganze Geschichte mit Vater und dem Internat, in das er kommt, und Tuwit, die wohl nicht mehr zurückkommen wird, ich glaube, all das ging ihm durch den Kopf.

Später kam Vater zu Madame Rachelle herein und verabschiedete sich von uns. Madame Rachelle stand an der Seite wie ein Eisberg und benahm sich unhöflich, denn sie bot ihm weder einen Platz noch einen Kaffee an. Er sagte, er würde künftig jede Woche zu Besuch kommen, oder wir würden ihn besuchen. Er versprach mir, wenn seine Geschäfte laufen würden, würde er mir einen sprechenden Papagei schenken. Dann stieg er in das Taxi, das draußen auf ihn wartete, und fuhr weg. Benjamin verabschiedete sich nicht einmal von ihm und blieb auf dem Bett liegen.

Ich hatte das komische Gefühl, dass Vater gar nicht in seine leere hässliche Wohnung zurückkehren wollte. Aber er musste. Ich beschloss, ihm ein wenig zu glauben, und das war nicht meine einzige Entscheidung. Mein zweiter Entschluss war der, jeden Tag zwei Stunden lang meine Erinnerungen aufzuschreiben, denn, wenn du mich fragst, kann man etwas aus der bitteren Erfahrung, die ich gesammelt habe, lernen. Auf jeden Fall lag Benjamin weiter auf dem Bett mit dem Rücken zu uns, und Madame Rachelle sprach ihm gut zu und sagte, es wäre nichts weiter passiert und man müsse im Leben die Dinge nehmen, wie sie kommen. Ich weiß nicht, welcher Teufel mich an diesem Tag zum zweiten Mal geritten hat, aber auf einmal schrie ich sie an, sie solle ihn in Ruhe lassen, und wenn er herumliegen wolle, solle er es tun. Dann kam Mutter und sagte gar nichts. Weder über unsere Fahrt noch über Vater. Sondern nur über das Internat und wie glücklich die Jungen und Mädchen dort sind, und wie sie tun und lassen können, worauf sie Lust haben. Sie beschrieb uns die Zimmer und den Rasen und die Betreuer und sagte, wenn jemand unbedingt in der Landwirtschaft arbeiten und nichts lernen wolle, dann könne er das tun. Und ich sah, wie Benjamin, der am Anfang so getan hatte, als höre er nicht zu, sich ganz allmählich beruhigte. Als Madame Rachelle die Siebenuhrnachrichten im Radio anstellte, bat er sie, den Apparat leiser zu stellen. Am Ende aßen wir zu Abend, obwohl niemand hungrig war, und ich erzählte von dem sagenhaften Toni, von Motti und von Tel Aviv. Madame Rachelle behauptete, so etwas gäbe es nicht. Als wir nach Hause gingen, war es draußen dunkel und kalt, und ich hatte das Gefühl, dass wir von einer sehr langen Reise zurückgekehrt waren, als ich meine dreckigen Schuhe von vor einer Woche an der Tür sah.

Benjamin sagte Mutter, dass er für das Internat ein Taschenmesser brauche, aber eines, wie es die Bergsteiger in der Schweiz hätten: ein Messer mit fünf Klingen, einer Gabel, einem Löffel und einem Büchsenöffner. Am nächsten Tag bat mich Benjamin ihm zu helfen, seine Sachen zu sortieren. Er hängte eine Liste mit einem Strich in der Mitte an die Wand. Auf die eine Seite schrieb er, was er schon hatte, auf die andere Seite, was er noch brauchte.

Ich habe für einen Moment das Schreiben unterbrochen, um mir einen Tee zu kochen, und dann habe ich gelesen, was ich dir bisher geschrieben habe. Der Brief scheint mir sehr trübsinnig, aber wie Madame Rachelle sagt, vielleicht war am Ende alles gut so, wie es kam. Ich meine, dass ich am ganzen Körper spüre, dass ich mich wirklich verändert habe und mein Kopf nicht mehr frei ist für »Unfug und leeres Gerede«, wie Herr Dagani sagt. Inzwischen habe ich schon zwei Kapitel mit Erinnerungen geschrieben, und wenn du mich fragst, werden sie viele Menschen interessieren. Obwohl ich mir geschworen habe, sie niemandem zu zeigen, bis ich fertig bin, habe ich sie Sarah Antabi gezeigt, die meinte, sie wären kindisch und zu voll mit schönen Worten. Ich war nicht beleidigt, nicht wirklich, denn auf der Fahrt nach Tel Aviv habe ich Sarahs wahres Gesicht erkannt. Es ist nicht, dass sie böse oder dumm ist, zwei Eigenschaften, die ich an Menschen nicht leiden kann, aber sie ist, es fällt mir schwer, das genaue Wort zu finden, irgendwie zu hart, und außerdem kann sie sich für nichts begeistern.

Auf jeden Fall werde ich dir demnächst die ersten Kapitel meiner Memoiren schicken. Ich wünsche dir gute Besserung und hoffe, dich bald zu sehen, denn trotz allem ist ein Gespräch etwas anderes als geschriebene Worte.

Deine dich liebende, ewig treue Cousine
Margalit

Inhalt

Ronit Matalon, geboren 1959 in der Nähe von Tel Aviv, studierte Literatur und Philosophie. Sie ist Kritikerin und Rezensentin und arbeitete als Journalistin beim israelischen Fernsehen. Sie ist Mitglied der Kunstschule Camera Obscura in Tel Aviv und des Kulturamts des Bildungsministeriums. Es sind bereits mehrere Bücher für Erwachsene von ihr erschienen. »Eine Geschichte, die mit dem Begräbnis einer Schlange beginnt« ist ihr erstes Kinderbuch. Es wurde fürs Fernsehen verfilmt.